Pierre Belle[…]
Dès l'âge de […] Pierre Hiegel lui ayant communiqué […]passion de la radio, il travaille comme assistant à des programmes destinés à R.T.L.
Désirant bien maîtriser la technique, il se consacre ensuite à l'enregistrement et à la prise de son, puis à la mise en ondes.
C'est Jacques Antoine qui lui donne sa chance en 1955 avec l'émission *Vous êtes formidables.*
Parallèlement, André Gillois lui confie l'émission *Télé-Match.*
A partir de ce moment, les émissions vont se succéder, tant à la radio qu'à la télévision.
Pierre Bellemare ayant le souci d'apparaître dans des genres différents, rappelons pour mémoire :
Dans le domaine des jeux : *La tête et les jambes, Pas une seconde à perdre, Déjeuner show, Pièces à conviction, Le Sisco, Le Tricolore.*
Dans le domaine journalistique : *10 millions d'auditeurs,* à R.T.L.; *Il y a sûrement quelque chose à faire,* sur Europe 1.
Les variétés avec : *Pleins feux,* sur la première chaîne.
Interviews avec : *Témoins,* sur la deuxième chaîne.
Et enfin, et c'est peut-être le genre qu'il préfère, les émissions où il est conteur : *C'est arrivé un jour,* sur TF 1; sur Europe 1, *Les Dossiers extraordinaires, Les Dossiers d'Interpol* et *Histoires vraies.*

Jacques Antoine est né le 14 mars 1924 à Paris, fils d'André-Paul Antoine, auteur dramatique, et petit-fils d'André Antoine, fondateur du Théâtre-Libre.
Animateur depuis 1949 de sociétés de production de programmes de radio et de télévision, et directeur des programmes de Télé-Monte-Carlo, Jacques Antoine est, avant tout, un créateur. Il est donc impossible d'énumérer les programmes dont il est l'inventeur, seul ou en collaboration. Trois genres. Les jeux : de *La tête et les jambes* au *Schmilblic,* du *Tirlipot* à *La Bourse aux idées,* du *Tiercé de la chanson* à *Seul contre tous, Les Incollables, La Course autour du Monde,* le *Francophonissime,* etc. Les émissions d'un style très personnel et n'entrant dans aucune catégorie définie, comme *Le Club des rescapés, Monsieur B. court toujours, C.Q.F.D., Vous êtes formidables, Il y a sûrement quelque chose à faire...*

Suite au verso

Enfin, les émissions qui requièrent les qualités d'un écrivain : soit pour des feuilletons à un personnage *(Peter Gay, Les Tyrans sont parmi vous, Paola Pazzi)*, soit destinées à un conteur tel que Pierre Bellemare *(Histoires vraies, Les Contes du pot de terre contre le pot de fer, Les Dossiers extraordinaires, Les Aventuriers, Les Nouveaux Dossiers extraordinaires, Les Dossiers d'Interpol* sur Europe 1).

ŒUVRES DE JACQUES ANTOINE et PIERRE BELLEMARE

Dans le Livre de Poche :

LES DOSSIERS EXTRAORDINAIRES DE PIERRE BELLEMARE.

LES NOUVEAUX DOSSIERS EXTRAORDINAIRES DE PIERRE BELLEMARE.

LES DOSSIERS D'INTERPOL, tome I.

LES DOSSIERS D'INTERPOL, tome II.

LES DOSSIERS D'INTERPOL, tome III.

LES DOSSIERS D'INTERPOL, tome IV.

LES AVENTURIERS.

LES AVENTURIERS *(nouvelle série)*.

HISTOIRES VRAIES, tome I.

HISTOIRES VRAIES, tome II.

PIERRE BELLEMARE
JACQUES ANTOINE

Les Dossiers d'Interpol

Tome V

EDITION N° 1

AVERTISSEMENT AUX LECTEURS

Ces textes ont été adaptés de l'émission « Interpol » de Pierre Bellemare et Jacques Antoine, diffusée chaque jour sur Europe 1.

Les auteurs ont demandé à l'O.I.P.C.-Interpol de les aider de ses conseils. Cette supervision n'a porté que sur les seules modalités techniques de la coopération internationale. En effet, les dossiers de cet organisme étant strictement confidentiels, les auteurs se sont inspirés pour chaque affaire des articles parus d'abondance dans la presse mondiale.

Pour des raisons morales autant que juridiques (les lois sur la prescription sont fort différentes selon les pays) et pour que ces récits puissent entrer dans le cadre de cet ouvrage, consacré à Interpol, les auteurs ont dû modifier certains noms propres, certains noms de lieux, voire certaines circonstances : des affaires paraissent donc rigoureusement inchangées, d'autres ne peuvent être que partiellement reconnues, d'autres enfin ne permettent aucune identification mais sans qu'y soient altérés la psychologie des personnages, l'esprit et le climat.

QU'EST-CE QU'INTERPOL ?

LES extraordinaires facilités de déplacements offertes par la vie moderne, l'accroissement considérable des populations, des échanges et des moyens de paiement, ont multiplié les occasions de criminalité « internationale » tandis que les frontières constituent comme par le passé une protection pour les malfaiteurs et un obstacle pour les polices.

Peut être considérée comme infraction internationale toute activité criminelle qui concerne plusieurs pays, soit par la nature des actes commis, soit en raison de la personnalité ou de la conduite de son ou de ses auteurs.

La qualification de crime international n'est pas liée à la gravité de l'acte criminel : un malfaiteur qui a volé dans les magasins, mais dans plusieurs pays successivement, est un criminel itinérant donc international.

Mais il n'existe ni de code ni de règle pénale internationaux et ce qui est considéré ici comme un crime grave est ailleurs anodin. De plus, dans chaque pays, la police est organisée de manière différente et ses services, souvent nombreux, sont articulés entre eux de façon complexe. Ici, la police est nationalisée ; là, elle relève des autorités locales. Ici, elle a une compétence globale ; là, les fonctions policières sont réparties entre plusieurs services. Donc comment serait-il possible à un policier d'une ville du Pérou de faire effectuer, en cas de nécessité, une recherche dans tous les pays d'Asie ? Comment pourrait-il savoir quels doivent être ses interlocuteurs étrangers dans tous les autres pays du monde ?

C'est pourquoi les responsables de la protection des citoyens de plusieurs pays, cherchant à lutter contre la criminalité internationale, ont créé en 1923 un organisme de coopération policière : l'Organisation Internationale de Police Criminelle dont le siège fut d'abord à Vienne.

Lorsque le Secrétariat général s'installa à Paris en 1946, on choisit comme adresse télégraphique le vocable : « Interpol » qui fut adopté en 1947 pour chaque Bureau central national d'Interpol. Les médias utilisèrent peu à peu ce mot pour désigner l'ensemble du dispositif de coopération. Dans les journaux, à la radio, fleurirent les expressions « Interpol Londres » a saisi « Interpol Rome » ou bien : « Interpol s'occupe de l'affaire X... »

L'O.I.P.C.-Interpol doit assurer l'assistance réciproque la plus large de toutes les autorités de police criminelle et développer toutes institutions contribuant à la prévention et à la répression des infractions de droit commun. Cela dans le cadre des lois existant dans les différents pays membres et selon l'esprit de la Déclaration Universelle des Droits de l'Homme.

Toute activité ou intervention dans des questions ou affaires présentant un caractère politique, militaire, religieux ou racial est rigoureusement interdite à l'Organisation.

A ce jour, 127 pays ont donc désigné leur organisme officiel de police dont les fonctions sont compatibles avec les activités de l'O.I.P.C. pour en être membres.

Il a fallu élaborer certaines méthodes adoptées en commun, résoudre des questions juridiques, linguistiques, etc., et, pour assurer une « permanence », une continuité et des moyens d'action, créer un Secrétariat général et les Bureaux centraux nationaux d'Interpol.

Une assemblée générale et un comité exécutif dirigent donc l'O.I.P.C. tandis que Secrétariat général et Bureaux centraux nationaux sont les rouages techniques permanents qui en assurent le fonctionnement quotidien.

Le rôle des B.C.N. est capital : ils sont compétents pour demander aux polices des autres pays des échanges d'informations, des recherches, des identifications, des auditions, des arrestations. A l'inverse, à la demande des autres pays, ils déclenchent toutes opérations policières sur leur propre territoire, en fonction de leur législation nationale. Ils assurent aussi la participation active de leur pays à la coopération internationale en faisant appliquer chez eux les résolutions adoptées par l'O.I.P.C. et veillent au respect des statuts.

Les B.C.N. peuvent régler rapidement les problèmes posées quotidiennement, y compris les problèmes linguistiques. Par exemple : si n'importe quel détective local est en présence d'un cas qui présente des développements internationaux, il s'adresse au service désigné dans son propre pays comme « B.C.N.-Interpol »... et l'affaire suivra alors son cours partout à travers le monde.

Les B.C.N.-Interpol entretiennent entre eux des rapports directs, exempts de formalisme, mais doivent rester en liaison étroite avec le Secrétariat général qu'ils informent de leurs activités et dont ils demandent, le cas échéant, l'intervention.

Le Secrétariat général Interpol à Saint-Cloud près de Paris est une administration internationale ne relevant d'aucun gouvernement particulier. Il dispose de deux fichiers principaux : un fichier alphabétique et un fichier phonétique. Ils sont complétés par des fichiers spéciaux (noms des bateaux, immatriculation des voitures suspectes, numéros des passeports utilisés par des individus surveillés, etc.). Les fiches renvoient à des dossiers « individuels » ou à des dossiers « d'affaires » qui contiennent la documentation proprement dite.

C'est aux archives spécialisées que sont classées les empreintes digitales des malfaiteurs internationaux. On y trouve, en outre, un fichier photographique.

Bien entendu, chaque Bureau central national d'Interpol dispose d'une station radio-électrique intégrée dans le système de télécommunications de la police de son pays. Les B.C.N. sont groupés par zones géographiques autour d'une station régionale, elle-même reliée à une station centrale.

La station centrale du Secrétariat général assure la liaison entre toutes les stations régionales mais aussi la fonction de « station régionale » pour le réseau Europe-Méditerranée.

Généralement, Interpol communique en morse parce que ce système, le moins cher, le plus fiable, permet d'être reçu simultanément par de nombreuses stations, élimine les difficultés de langage, les opérateurs recevant et émettant des messages même s'ils ne les comprennent pas. Mais certains B.C.N. disposent de moyens plus sophistiqués.

Pour diffuser le signalement des personnes, Interpol utilise des notices signalétiques portant un coin rouge s'il s'agit d'une demande d'arrestation ; bleu s'il s'agit d'une demande de renseignements ; vert s'il s'agit de prévenir des agissements d'un malfaiteur international ; noir enfin s'il s'agit d'un cadavre à identifier.

Bien sûr, tout ceci est très schématique car l'activité d'Interpol est multiple : elle va de la diffusion de formulaires pour l'identification des victimes des grandes catastrophes à la diffusion d'un fichier de plus de mille marques de machines à écrire différentes, permettant d'identifier une machine d'après les missives qu'elle a frappées, en passant par une bibliographie sur les armes à feu ou une brochure spéciale à feuillets mobiles décrivant par pays les systèmes et les mécanismes de numérotation des plaques d'identification des véhicules automobiles, etc.

Comme on le voit, Interpol n'est pas une « super-brigade internationale » composée de « super-détectives » mais un système de coopération dans lequel chaque pays, responsable chez lui, agit avec ses hommes à lui, ses propres services, ses propres lois et ses propres méthodes.

Nous remercions M. BOSSARD, Secrétaire général et le Detective Chief-superintendant KENDALL, directeur de la Division de Police d'avoir bien voulu répondre aux questions de notre documentaliste Gaëtane BARBEN sur les modalités de la coopération qui se développe lorsqu'un policier obscur, quelque part sur notre planète où le soleil ne se couche jamais, met en branle cette grande machine à moudre le quotidien.

Jacques ANTOINE-Pierre BELLEMARE.

ESPION SOUS CANAPÉ

Le dimanche 21 novembre 1954, place des Alpes à Munich, chez Mme Voëm, quatre-vingt-quatre ans, la table est dressée dans la cuisine. Nous sommes en Allemagne, quelques années seulement après la guerre, et l'on se loge encore comme on peut. La cuisine de la vieille dame aux cheveux blancs est installée sur un palier, séparé de la cage d'escalier par une mince cloison de contre-plaqué. Dans ce salon-cuisine trône un horrible mais utile canapé, sur lequel sont assis les invités.

Il y a là la voisine du dessous et le voisin du dessus. Leur faisant face dans des fauteuils vétustes, un couple de vieux amis. Moyenne d'âge : soixante-cinq ans. Mme Voëm sourit de plaisir : tout le monde la complimente sur son rôti.

« Comme il est tendre ! » s'exclame la voisine

du dessous, celle qui est assise sur le canapé, en tendant de nouveau son assiette.

Elle ne se doute pas, la pauvre femme, qu'à chaque geste elle fait trembler le cadavre caché sous le canapé. Comme son voisin ne se doute pas qu'à chaque mouvement de son postérieur il écrase, par ressorts interposés, la joue d'un macchabée.

Un cadavre sous un canapé, ça se rencontre beaucoup dans les romans policiers, mais pas tellement dans la vie de tous les jours. Mais ce cadavre-là est encore plus rare, et ce qui va lui arriver tout à fait exceptionnel.

Le déjeuner fini, le reste du dimanche va s'écouler de façon paisible, et Mme Voëm est toute rose en se levant le lundi matin vers sept heures trente. Elle prend son café et, paisiblement, fait sa vaisselle. Vers neuf heures, elle entreprend de faire son ménage et de mettre un peu d'ordre.

Mme Voëm ne peut pas se baisser beaucoup. Elle a donc du mal à glisser le balai sous le canapé. D'autant plus de mal qu'il ne rentre pas, comme s'il y avait quelque chose dessous. Alors, péniblement, elle s'incline, s'incline encore et soulève de la main gauche les franges du canapé. De la main droite, elle tâtonne et tombe sur quelque chose de gros et d'assez mou.

Il ne fait pas très clair, même en pleine journée, dans le salon-cuisine de Mme Voëm qui ne prend le jour que par un petit vasistas.

Elle ouvre donc la porte du salon-cuisine et appelle, dans la cage d'escalier, sa voisine du dessous. Celle-ci, toujours à l'affût d'une distraction, grimpe allégrement l'étage et montre sa bonne tête ridée comme une pomme.

« Vous pouvez vous baisser, vous. Soyez gentille, regardez ce qu'il y a sous ce canapé. »

La voisine s'agenouille, soulève les franges du canapé de la main gauche, tâtonne de la main droite et finalement dit :

« Ben quoi, c'est une chaussure ! »

Puis son visage de pomme ridée exprime l'étonnement, car la chaussure ne vient pas facilement. Quand enfin elle sort la chaussure, c'est au tour de Mme Voëm de s'étonner :

« Mais, c'est une chaussure d'homme !

— Attendez, ce n'est pas tout », murmure la voisine d'une voix étranglée.

Elle tire, tire et murmure, haletante dans l'effort :

« On dirait un pied. »

Oui, c'est un pied. Un pied dans une chaussure, et derrière la chaussette il y a une jambe dans un pantalon.

La voisine a un recul horrifié. Mme Voëm est pétrifiée sur place.

M. Lew, le voisin du dessus, est là quelques instants plus tard. Il a fait la guerre de 14, et les cadavres ça le connaît ! Enfin c'est ce qu'il prétendait, car, après avoir allumé une lampe de poche et constaté qu'il s'agit bien du cadavre d'un homme, il préfère en rester là.

« N'y touchons plus, madame Voëm. C'est un homme, et il est mort. Il faut appeler la police. »

Tandis que deux « Schupos » soulèvent le canapé et qu'un troisième sort le cadavre, un inspecteur interroge cette pauvre Mme Voëm qui s'est réfugiée dans sa chambre avec la voisine du dessous et le voisin du dessus : ils ne veulent pas voir ça.

« Qui est-ce ? demande l'inspecteur.

— C'est M. Bozilof.

— Et qui est ce M. Bozilof ?

— C'est un ami. Il n'habite pas chez moi. Autrefois, il habitait dans la maison. Maintenant, il habite ailleurs, mais il a gardé la clef et il vient de temps en temps dîner avec moi, et même il couche des fois sur le canapé. »

Par la porte ouverte de la chambre, on aperçoit maintenant, allongé au milieu de la cuisine, la forme confuse d'un homme ligoté, vêtu d'un pantalon et d'un blouson.

Le médecin légiste est déjà là, qui remarque plusieurs traces d'un objet contondant sur le crâne et conclut que l'homme a été tué par enfoncement de la boîte crânienne, sous l'effet de coups probablement assenés avec un marteau. On emmène le cadavre, et l'enquête commence qui, avant de réserver une énorme surprise, se déroule comme une horloge.

Bozilof est un petit homme très brun, né le 8 août 1920 à Bakou, en Russie soviétique. Il est fils de parents originaires d'Azerbaïdjan, donc Turcs et musulmans. Mobilisé dans l'armée Rouge, il est fait prisonnier par les Allemands en 1941. Là, animé par la haine séculaire des Turcs musulmans envers les Russes, il s'engage dans l'une des nombreuses légions qui se rangent du côté des Allemands.

En 1943, alors que sa légion est engagée en Italie, il comprend que l'Allemagne va perdre la guerre et se joint aux partisans italiens. En 1947, il épouse à Ferrare une Italienne qui lui donne deux enfants. En 1951, il prend à Naples le bateau pour la Russie dans l'intention d'aller voir sa mère. En 1953, le voici en Allemagne avec femme et enfants. D'abord dans un camp de réfugiés politiques. Il trouve ensuite un travail dans une usine des environs de Munich. Il travaille très bien, et tout le monde le considère comme un brave homme dont on loue les qualités.

Toutefois, disent certains de ses compagnons de travail, il était un peu nerveux.

« C'est pas étonnant, dit l'un de ses compagnons de travail. Il avait une vie compliquée.

— Compliquée, pourquoi ?

— Sa maîtresse.

— Il avait une maîtresse ?

— Oui, une blonde, Carla Morer. Une jolie fille, ma foi. Il en était amoureux. Elle aussi sans doute, puisqu'elle le suivait partout. »

A tout hasard, la police cherche à obtenir des renseignements sur cette Clara Morer. Mais, bizarrement, elle est introuvable. Par contre, on découvre que Bozilof avait un ami qu'il a connu il y a six mois, à peu près à l'époque où disparaissait Carla Morer.

« Il voyait souvent cet ami ?

— Presque tous les jours.

— Comment était-il ?

— Petit et mince, avec une grosse tête et la chevelure argentée. Mais il avait la peau mate, et ce n'était sûrement pas un Allemand, peut-être un Turc. On le voyait souvent attendre Bozilof à la sortie de son travail.

— De quoi parlaient-ils ? »

Les témoins ne savent pas de quoi les deux hommes parlaient ensemble, mais ils ont constaté qu'après chaque rencontre Bozilof était un peu plus nerveux. Comme par hasard, cet étranger aussi a disparu.

Interpol entre alors en jeu. Son bureau d'Ankara est avisé d'avoir à retrouver cet homme, petit, mince, avec une grosse tête et la chevelure argentée mais la peau mate, répondant au nom de Abdul Cochelac, citoyen turc, né le 7 décembre 1912 à Salonique.

C'est alors qu'éclate un premier coup de théâtre : cet Abdul Cochelac, ancien officier d'état-major de l'armée Vlasov, ce musulman qui boit de l'alcool et mène un train de vie important est en réalité un espion. Et il aurait été contraint de tuer Bozilof.

Cela fait un ramdam du diable en Russie et dans toute l'Europe centrale. L'affaire devient claire comme de l'eau de roche ou comme du jus de poussier. Claire comme de l'eau de roche parce qu'il devient évident que c'est une affaire d'espionnage, et claire comme du jus de poussier parce que les affaires d'espionnage, à cette époque, sont tellement embrouillées qu'une chatte n'y retrouverait plus ses petits.

Interpol, qui se défend absolument de traiter toute affaire politique, s'apprête à laisser tomber le dossier avec soulagement.

Au cimetière musulman d'Ulm, en Allemagne, Bózilof est donc enterré devant une assistance nombreuse. Ses confrères musulmans lancent des complaintes funèbres. Le mollah, ministre du culte islamique, dit ses prières devant le cercueil, tourné dans la direction de La Mecque. La police allemande se tient discrètement à l'écart. Pour elle, c'est une affaire terminée. Personne, décidément, n'éprouve le besoin de tirer au clair ce règlement de compte entre espions.

C'est alors qu'éclate un second coup de théâtre. Le bureau d'Interpol, en pleine réorganisation à Wiesbaden, au moment de classer le dossier, fait une découverte bizarre : le cadavre de Bozilof ne mesure que 1,55 mètre, alors que sa carte d'identité indique 1,66 mètre ! 11 centimètres, c'est une différence énorme. Mais il est vrai qu'il y a quelquefois des erreurs sur les cartes d'identité.

C'est un détail qui mérite cependant d'être approfondi, car, si le cadavre que l'on vient d'enterrer n'était pas celui de Bozilof, tout est à refaire, et rien ne prouve qu'il s'agisse d'une affaire d'espionnage. Interpol envoie un inspecteur interroger son logeur.

« M. Bozilof était-il grand comme ça ?... Ou grand comme ça ?

— Grand comme ça. »

Et le logeur indique la taille la plus haute.

« Mais vous n'avez pas trouvé son cadavre un peu petit ?

— Je ne l'ai pas vu. Lorsque j'ai appris sa mort par la radio, j'ai été à la police, mais on ne m'a pas demandé de l'identifier. »

On interroge le mollah.

« Avez-vous reconnu le cadavre de Bozilof ?

— Non.

— Madame Voëm, avez-vous reconnu le cadavre de Bozilof ?

— Non. J'étais dans ma chambre lorsqu'on l'a sorti de dessous le canapé.

— Mais alors, comment avez-vous su que c'était lui ?

— Mais ça ne pouvait être que lui. Il n'y a que lui qui avait la clef. »

L'envoyé d'Interpol relève alors une autre anomalie : la cadavre était ligoté. Or, un homme ayant tous ses moyens ne se laisse pas ligoter, sauf si on le menace avec une arme, mais alors, pourquoi le ligoter si c'est pour l'assommer ensuite avec un marteau ? Il demande à voir les photographies des plaies, les examine et conclut que rien ne prouve qu'elles aient été mortelles. De toute façon, il faut procéder à une exhumation. Celle-ci a lieu le 26 novembre, en présence d'une foule de Caucasiens et de musulmans indignés. On ouvre le cercueil. Les policiers se penchent. Ce n'est pas le cadavre de Bozilof, mais celui d'un homme petit, mince, avec une grosse tête à la chevelure argentée, et, malgré son teint grisâtre, on voit bien qu'il avait la peau mate. Ce cadavre est celui de l'espion Abdul Cochelac, enfin retrouvé et devenu inoffensif.

A nouveau, comme il s'agit vraisemblablement d'une affaire d'espionnage, Interpol repousse le dossier. Mais la police allemande fait procéder à une nouvelle autopsie.

Cette fois, le médecin légiste constate de très fortes traces de doigts autour du cou de la victime et conclut qu'elle a été assommée à coups de marteau, ligotée, transportée et ensuite étranglée.

Mais par qui ? Et pourquoi l'a-t-on retrouvé sous le canapé de la vieille Mme Voëm ?

Par qui ? Pourquoi pas par Bozilof, puisque lui seul avait la clef du salon-cuisine de la vieille dame, c'est la logique même.

Mais c'est en lisant les lettres d'amour de Michael Bozilof que l'on va découvrir le pot aux roses. Un magnifique pot aux roses, comme on en voit peu.

Bozilof avait une maîtresse, une certaine Carla Morer. Chose curieuse, cette femme étrange numérotait ses lettres d'amour. Or, mettre un numéro sur des lettres d'amour, c'est l'indice d'une curieuse mentalité, et c'est ce minuscule détail qui amène les policiers à rechercher cette femme. On ne la retrouve pas. Et pour cause : elle était agent de l'espionnage soviétique.

Alors, on gratte, on creuse et on découvre qu'en 1951, lorsque Bozilof s'est rendu en Russie pour revoir sa mère, il a été tout de suite arrêté par les autorités soviétiques qui le considéraient comme déserteur. Et celles-ci lui ont fait le marché suivant : ou bien il retournait en Allemagne pour le compte des services secrets soviétiques, ou bien on l'envoyait passer vingt-cinq ans dans un camp de travail forcé au-delà du cercle polaire. Il n'y avait pas d'hésitation possible. Il se retrouvait donc en Allemagne dans un camp de réfugiés politiques : le camp de Valka, près de Munich. Plus confortable que la Sibérie.

Là, il devait être surveillé de loin par une jolie femme blonde agent des services secrets soviétiques : Carla Morer. Ce que le K.G.B. n'avait pas prévu, c'est qu'il tomberait amoureux de sa « surveillante » et ce qui était encore moins prévisible c'est que cet amour serait, apparemment, partagé.

Le camp de Valka est d'ailleurs un camp étonnant. Là s'étaient donné rendez-vous des Ukrainiens, des Polonais, des Tchèques et des milliers d'hommes anticommunistes, enfuis des Balkans avant l'avance de l'armée Rouge. Valka est le vivier dans lequel les Américains recrutent une grande partie de leurs espions, qu'ils familiarisent ensuite avec le fonctionnement des appareils radio, entraînent aux sauts en parachute, aux opérations de commandos, avant de les expédier de l'autre côté de la frontière.

Le grand maître de l'entraînement de ces espions est un certain Frédéric Murer, un homme intelligent, aux réflexes rapides, qui est devenu l'homme de confiance des Américains.

Or, en suivant pas à pas la trace de Bozilof, on remonte jusqu'à ce Frédéric Murer. Et nouvelle découverte : Frédéric Murer s'appelle en réalité Georgig Vladimirowicz. Il est capitaine de l'Armée Rouge et officier du contre-espionnage soviétique. Ce sont les Soviets qui l'ont envoyé dans le camp de Valka, où il se livre à un travail stupéfiant.

D'une part, il « retourne », comme on dit en terme technique d'espionnage, les agents américains. C'est-à-dire qu'en même temps qu'il les entraîne à devenir des espions américains il leur apprend aussi, et surtout, à être des agents soviétiques. Ce qui, entre parenthèses, permet à ces braves gens de toucher deux salaires.

Quand il sent qu'un de ces hommes n'est pas prêt à jouer ce double jeu, il lui confie une mission et le fait parachuter en Russie. Comme auparavant, il avertit les Russes, le malheureux est immédiatement arrêté et exécuté. C'est ainsi que le camp de Valka, que les Américains, dans leur naïveté, avaient organisé pour être une pépinière d'espions à leur solde, n'est qu'une pépinière d'agents soviétiques et le tombeau des espions américains.

Et Bozilof dans tout cela ? Bozilof, lui, il en a « ras le bol ». La politique, l'espionnage, tout cela ne l'intéresse pas, et c'est trop dangereux. C'est ce qu'il explique à la belle espionne soviétique Carla Morer qui réussit à le faire sortir du camp de Valka et à lui trouver du travail dans une usine des environs de Munich.

Mais l'amour les perdra comme il perd tous les espions. Carla Morer étant déplacée par ses supérieurs, Bozilof se retrouve seul. Seul ? Pas vraiment. Frédéric Murer le fait surveiller, et c'est là qu'entre en jeu Abdul Cochelac qui, lui, est un authentique espion américain enquêtant sur le camp de Valka.

Il a besoin d'un agent triple, c'est-à-dire d'un agent soviétique jouant les agents américains, et en fait réellement américain puisqu'il s'agit de faire éclater la vérité sur la double personnalité de Frédéric Murer. Si Bozilof accepte, tout ira bien. Sinon Abdul Cochelac dénoncera Carla Morer aux Américains. Pendant des semaines, il harcèle le malheureux Bozilof qui se trouve pris dans cet effroyable dilemme, jusqu'au jour où, n'en pouvant plus et profitant qu'Abdul Cochelac boit devant lui deux bouteilles de vin blanc, il l'assomme dans la rue, le traîne jusqu'à la maison de Mme Voëm, le ligote pour pouvoir plus facilement le monter dans l'escalier et le glisse dans le salon-cuisine. Là, après avoir réfléchi toute la nuit, au petit matin de ce dimanche, il l'étrangle et le glisse sous le canapé.

Pourquoi l'avoir tué là ? Pourquoi l'avoir glissé sous le canapé ? Fatigue, bousculade, décision mûrement réfléchie ? On ne le saura jamais, car Bozilof court toujours, et on ne sait même pas de quel côté de la frontière, comme il se doit pour un agent triple.

LE CRIME
LE PLUS CHER DU MONDE

DOROTHY LAMOUR était une merveilleuse créature brune et hollywoodiene. Vamp dans l'enfer du jeu de Macao, fille sauvage dans la forêt vierge, Indienne dans l'Arizona, elle était tout simplement mexicaine, comme l'héroïne de cette affaire, qui ressemble trait pour trait à l'actrice. Mexicaine aussi, créature de rêve aussi... 1,68 m, merveilleusement bien faite, un visage ovale. Le teint à la fois mat et resplendissant grâce à on ne sait quel éclat des pommettes. Une chevelure opulente, ondoyante et brune. Un front lisse, large, haut, et des yeux noirs qui inquiéteraient l'homme le plus tranquille.

De plus, cette splendide créature, qui se nomme Inès Bonatesta, a vingt-sept ans et parle six langues. Douée d'une intelligence remarquable, elle s'est tournée vers la physique nucléaire, science encore jeune à l'époque, dont rien ne lui est étranger. De plus, sportive accomplie, elle nage admirablement, dispute des tournois de tennis, fait partie de l'équipe de jumping que le Mexique envoie aux jeux Olympiques.

De plus, Inès, bien qu'elle soit gaie, vivante, enjouée, heureuse de vivre, porte comme un emblème rassurant de sa vertu un petit collier avec un petit crucifix en or et communie chaque dimanche. A la messe de sept heures, car une femme comme elle a beaucoup de choses à faire dans la journée. Sa santé insolente se satisfait heureusement de cinq ou six heures de sommeil.

Et enfin, Inès est riche. Très riche. Elle a épousé l'un des plus puissants industriels du Mexique.

Un seul détail pourrait passer pour une ombre au tableau, son mari, Ricardo Bonatesta, a cinquante ans, donc vingt-trois de plus qu'elle. Mais il est très amoureux et ne lui refuse rien. C'est ainsi que, dans la somptueuse villa de Tampico où ils vivent, Ricardo a fait installer pour Inès un extraordinaire laboratoire de recherches, que bien des savants pourraient lui envier. Douée comme elle l'est, avec les énormes moyens financiers dont elle dispose, Inès a noué des relations avec les plus grands savants atomistes de l'époque.

Dans ce laboratoire, entre les microscopes électroniques et les computeurs, on aperçoit les fleurs du patio, on entend les jets d'eau qui alimentent une piscine tiède et bleue.

Une autre petite ombre à ce tableau idyllique, c'est la belle-fille d'Inès. La fille du premier mariage du milliardaire Ricardo Bonatesta. Sa mère est morte alors qu'elle avait quatorze ans. On la trouverait charmante si elle ne souffrait de la comparaison avec Inès. Elle aussi est brune avec le teint mat et des yeux noirs. Elle aussi est mexicaine. Mais il y a Mexicaine et Mexicaine. Elle aussi a fait des études, mais de là à devenir savant atomiste...

Pilar, la belle-fille, vit pendant deux ans dans l'ombre de sa charmante belle-mère. Puis, à vingt ans, elle décide de suivre en France des études de peinture auxquelles personne ne s'intéresse. Si elle part, ce n'est pas qu'elle soit maltraitée, son père ne la laisse manquer de rien, et Inès est tout à fait charmante. Elle part parce qu'elle n'est pas à l'aise. Parce que, dès qu'un homme entre dans leur vie, il n'a d'yeux que pour Inès. Pour résumer la situation : Pilar en a par-dessus la tête de sa resplendissante belle-mère.

A Paris, la jeune Pilar est redevenue une jeune fille comme les autres. Elle mène au Quartier latin une vie assez bohème, et c'est ainsi qu'elle change souvent d'adresse sans en avertir son père avec qui elle correspond néanmoins par un courrier aussi rare que succinct.

Ce matin-là, elle descend l'escalier du petit studio du boulevard Saint-Michel qu'elle partage avec une amie, et la concierge lui remet une lettre de Tampico. Pilar est frappée de voir sur l'enveloppe l'écriture d'Inès, sa belle-mère. D'habitude, c'est son père qui répond à ses lettres. Elle s'arrête à une terrasse, où elle prend chaque matin son café crème avec des croissants, s'y assoit et ouvre l'enveloppe.

La grande écriture régulière, mais où tous les points sont en forme de petits cercles, s'étale sur toute une page.

« Ma chère enfant, dit la lettre, si tu savais avec quelle impatience j'attendais que tu m'écrives. Impossible d'avoir ton adresse. Et pourtant, comme j'eusse aimé que tu fusses près de moi dans les circonstances affreuses que je viens de traverser. Mon enfant chérie... aie du courage... car le pire est arrivé... Ton papa est mort. Il s'est éteint dans mes bras, des suites d'une maladie pernicieuse, en prononçant ton nom. Les médecins qui, à mon appel, se sont succédé à son chevet n'ont pu déterminer les causes profondes de sa maladie. Une sorte d'usure prématurée et irréversible de son organisme tout à fait inattendue, chez un homme de cet âge et de cette constitution. L'enterrement a eu lieu vendredi dernier. Sans toi, seule avec ma douleur, je m'y suis sentie bien seule.

« Reviens vite, mon enfant, ici, je suis comme foudroyée. Tu vas sans doute être très malheureuse. Toutes deux, nous pourrions mieux survivre en évoquant le souvenir de celui qui fut ton père attentif, le mari dont je resterai toujours la veuve inconsolable. »

Il fait un temps superbe, le boulevard Saint-Michel est déjà débordant de vie. Une voiture à cheval s'arrête devant le petit bistrot pour décharger des tonneaux de bière, Pilar est stupéfaite. Elle ne parvient pas à y croire. Elle lit et relit plusieurs fois la lettre, qui est claire cependant : son père est mort et enterré. On peut donc mourir à cinquante-deux ans d'une maladie qui n'a pas de nom ? Si c'était un cancer, on le saurait : Inès le lui aurait dit. Elle tourne et retourne vivement la lettre : ces quelques lignes qui lui apprennent qu'elle ne reverra plus son père. Puis elle laisse là le café et les croissants et remonte dans son petit studio pleurer tout à son aise. Puis elle réfléchit et court à la police.

Ne sachant que faire des déclarations de Pilar, la police française l'envoie à Interpol. Et à Interpol, on trouve le problème épineux.

« Le mieux que vous ayez à faire, mademoiselle, explique l'homme d'Interpol, c'est de retourner au Mexique le plus vite possible et de faire part de vos soupçons à la police mexicaine !

— C'est ce que je vais faire, j'ai déjà retenu

ma place dans l'avion, mais il me faut bien trois jours. »

(En 1956, les avions sont encore à hélices et il n'y a pas de liaison quotidienne avec le Mexique.)

« Vous n'iriez pas plus vite en passant par les États-Unis ?

— Non, il faut que je fasse Paris-New York... New York-Mexico, Mexico-Tampico. »

Les deux policiers sortent quelques instants dans le couloir pour se consulter. Les soupçons de la jeune Pilar Bonatesta ne reposent que sur des impressions personnelles. L'hypothèse qu'elle défend paraît à l'époque complètement farfelue et dépasse de très loin leur compétence scientifique. De plus, la personne mise en cause paraît être une personnalité au-dessus de tout soupçon. Enfin, le Mexique ne s'est affilié à Interpol que depuis quelques mois. L'intervention de Paris risquerait de ne pas faire très sérieux. On pourrait bien leur taper sur les doigts et leur demander de quoi ils se mêlent.

D'un autre côté, ils ne se sentent pas le droit de négliger l'appel de détresse de cette jeune fille. Pour incroyable qu'elle soit, sa déclaration doit être communiquée aux intéressés. Conclusion : l'un des hommes revient s'asseoir en face de la jeune fille :

« Mademoiselle, répétez-moi votre déclaration, je dois ouvrir un dossier. »

Puis le policier tape le résumé suivant :

« Secrétariat général d'Interpol, le 6 juin 1956. Ce jour, Mlle Pilar Bonatesta, née à Tampico, le... passeport numéro... s'est présentée à nos bureaux pour nous faire part de ses soupçons, à propos de sa belle-mère Inès Bonatesta, née Murato, spécialisée dans les recherches de physiques nucléaire et disposant, au domicile de son père, d'un laboratoire parfaitement équipé et de moyens financiers considérables, d'avoir inoculé à celui-ci des produits pouvant entraîner une maladie mortelle. Ses soupçons sont fondés sur trois constatations.

Premièrement : le caractère même d'Inès sa belle-mère, qui dissimule sous des dehors flatteurs une cupidité entretenue par un énorme train de vie et des besoins démesurés.

Deuxièmement : elle prétend que malgré toute apparence son père et Inès ne s'entendaient pas vraiment. Il y avait entre eux des conflits sourds et incessants, généralement provoqués par les incartades secrètes de cette dernière.

Troisièmement : sa belle-mère prétend n'avoir connu son adresse qu'après l'enterrement de son père, ce qui est faux. Elle a adressé à celui-ci durant les dernières semaines deux lettres mentionnant son adresse et qui sont restées sans réponse. Elle pense donc que son courrier a été subtilisé et ne lui a pas été remis. »

La jeune fille se tait. Elle a tout dit, semble-t-il, et le policier conclut en se levant :

« Nous allons informer nos collègues de Mexico de vos soupçons et les prévenir de votre arrivée. »

Quelques instants plus tard, le service des transmissions radio envoie à Mexico un télex qui se termine ainsi :

« Nous vous adressons ces renseignements sous toute réserve et vous prévenons que Mlle Pilar Bonatesta, qui s'embarque après-demain à l'aéroport du Bourget sur le vol 640, prendra contact avec vous dès son arrivée à Mexico. »

L'embarras du lieutenant Manuel Saraiva, responsable du nouveau bureau d'Interpol à Mexico, est énorme lorsque la jeune Pilar se présente à lui, sa petite valise à la main.

Il regarde le petit visage fripé par le chagrin et le voyage, les cheveux noirs en désordre. Mais les yeux sombres de la jeune fille, qui n'ont rien perdu de leur éclat, le fixent avec insistance.

« Vous hésitez, lieutenant. »

Le lieutenant Manuel Saraiva est gros et porte une petite moustache noire, mais c'est un homme cultivé, qui a fait des stages dans les meilleures polices du monde, un scientifique, froid et méticuleux, un diplomate aussi, car on ne peut pas diriger un bureau d'Interpol sans être un tant soit peu diplomate...

« C'est vrai, mademoiselle, j'hésite à demander une intervention de mes collègues de la brigade criminelle. Je respecte votre conviction, mais sur le plan juridique vos arguments sont un peu minces.

— C'est à la police d'étayer mes soupçons par des preuves. »

Le gros lieutenant hoche la tête en souriant.

« Pourquoi voulez-vous que mes collègues cherchent à faire la preuve d'un crime s'ils sont convaincus qu'il n'y a pas de crime ? Or, dans votre déposition, il n'y a guère de quoi les convaincre. Vos appréciations de la personnalité de votre belle-mère sont très subjectives. Il ne reste qu'un fait précis, la disparition des deux lettres. C'est peu pour justifier une accusation aussi grave. D'ailleurs, nous n'avons aucune preuve que vous ayez réellement écrit ces deux lettres. Vous pourriez avoir inventé ça pour mieux accabler votre belle-mère. Si vous la détestez ou, pure hypothèse d'école de ma part, pour accaparer la totalité de l'héritage ! Car je ne connais pas les dispositions testamentaires de M. Bonatesta. Je pense qu'une part de son immense fortune vous revient probablement, mais quelle part ? Le plus important est peut-être entre les mains de votre belle-mère. Vous êtes encore mineure, qui sait si celle-ci n'a pas été désignée comme votre tutrice ? Dans ce cas, il serait très préjudiciable à vos intérêts que votre déposition soit portée à sa connaissance. »

A ce point de la conversation, la pauvre

Pilar, jusqu'alors prête à fondre en larmes, sent une colère froide l'envahir.

« Si mon père avait à choisir entre Inès et moi et qu'il a choisi Inès, tant pis ! Qu'elle garde son argent et qu'elle en crève. Je ne veux plus rien avoir à faire avec elle. »

Il y a tant de colère, de violence et de sincérité dans cette déclaration de la jeune fille que le lieutenant acquiert la conviction qu'il ne s'agit pas, en tout cas, d'une manœuvre pour éventuellement capter un héritage. Alors, il se renverse sur son siège, sort un long cigare d'un étui, l'allume et réfléchit. Écoute-t-il le long monologue dans lequel la jeune fille lui brosse le tableau de la vie secrète dans la grande villa de Tampico ? Peut-être, mais peut-être pas...

« Mon père était un grand bonhomme autoritaire qui a été subjugué par l'extraordinaire personnalité d'Inès, explique la jeune fille. Mais l'autorité de papa reposait sur l'application rigoureuse de principes chrétiens respectés depuis des générations par une famille austère. Alors, lieutenant, vous pouvez imaginer sa colère et son désespoir lorsqu'il a découvert petit à petit la personnalité profonde de ma belle-mère : pétrie tout à la fois de vices et d'orgueil. Mais les vices restaient dissimulés, car il fallait que rien ne vienne desservir son ambition. Malheureusement, on ne divorce pas dans une famille comme la mienne. Alors il y avait des dîners atroces où mon père et Inès se regardaient avec une haine froide et sans dire un mot. Les soirs de réception, leurs échanges de regards me faisaient froid dans le dos. Confusément, je sentais que cela ne pouvait pas durer. Mais je pensais que mon père serait le plus fort. Lui était un être positif et Inès, malgré ses multiples talents, ne faisait que du vent, beaucoup de vent. Ses recherches scientifiques, par exemple, ce n'était que du cinéma ! »

Lorsque Pilar se tait, le gros lieutenant se lève :

« Mademoiselle, vous allez retourner à Tampico. Il est préférable, si vous voulez réussir, que votre belle-mère ne soit pas au courant de vos démarches. Mais c'est vous qui allez déclencher le mouvement. En jouant les petites filles naïves : votre père est mort d'une maladie inconnue et vous voulez qu'on donne un nom à cette maladie. Alors vous demandez l'avis des médecins, consultez-en le plus possible et surtout celui-là : le professeur Mendoza. Faites-moi confiance, je me charge du reste. »

Tandis que Pilar agit comme le lui a conseillé le chef du bureau d'Interpol à Mexico, celui-ci demande au secrétariat général à Paris s'il existe des précédents. C'est-à-dire si l'on a déjà tué en utilisant d'une façon ou d'une autre les produits issus de la recherche atomique.

En 1956, non seulement les recherches atomiques sont encore à leur début, mais cette science nouvelle est inconnue des assassins, et à fortiori des policiers. Ces derniers ne savent même pas si un crime atomique est réellement possible.

Interpol n'a d'autre solution que de prendre l'avis des savants atomistes français et surtout des britanniques, ses compatriotes.

Pendant ce temps, les consultations de Pilar et surtout la démarche effectuée auprès du professeur Mendoza, membre de l'Académie de médecine et ami du lieutenant d'Interpol, portent leurs fruits. On n'aime pas aujourd'hui qu'une personne meure sans que l'on sache exactement pourquoi. Il peut s'agir d'une maladie nouvelle ou d'une forme nouvelle d'une maladie ancienne qu'il est très important de connaître pour mieux la prévenir. Le professeur Mendoza convainc donc l'Académie de médecine qu'il faut demander l'exhumation du cadavre du milliardaire, et cette demande est communiquée à la presse.

La veuve s'oppose à cette exhumation au nom des principes chrétiens et sentimentaux, ce qui indispose l'opinion publique.

De son côté, Interpol, consultation faite, a envoyé au lieutenant le télex suivant :

« Secrétariat général d'Interpol Paris à BCN Interpol Mexico. Crime atomique possible, rapport suit. »

Le lieutenant rend alors publique l'accusation de Pilar. Cette déposition fait l'effet d'une bombe, et la police mexicaine se sent fondée à procéder à l'exhumation, quelles que soient les protestations d'Inès.

C'est une lugubre cérémonie, avec deux silhouettes en deuil, celle de la veuve resplendissante et celle de la jeune fille plus modeste. Scène d'autant plus dramatique qu'au Mexique on ne plaisante pas avec les morts.

Le cercueil est conduit à la morgue dans une grande limousine noire pour l'autopsie. Le cadavre, ayant été reconnu par la veuve Inès et sa belle-fille Pilar, est alors extrait du cercueil, porté sur la table d'opération et abandonné aux mains de la médecine légale.

Les médecins n'y trouvent aucune blessure. Les analyses ne font apparaître aucune trace d'empoisonnement. On constate simplement une extraordinaire désagrégation de l'organisme.

C'est alors qu'intervient le dernier coup de théâtre. Dans la salle d'autopsie, le gros lieutenant mexicain est entré avec un homme portant un appareil enroulé dans un drap blanc. Devant les assistants stupéfaits, l'homme retire le drap et montre une sorte de sèche-cheveux silencieux qu'il branche par un fil à un autre muni d'un écran cathodique. Il promène quelques instants le sèche-cheveux au hasard sur les personnes qui l'entourent. L'appareil reste muet.

Le lieutenant mexicain a dans sa poche le long rapport d'Interpol qui se conclut à peu près en ces termes : « Pour prouver éventuellement le crime atomique, il faut soumettre le cadavre à l'examen d'un compteur Geiger. »

L'opérateur, maintenant, approche l'appareil du cadavre, et tout aussitôt un crépitement se fait entendre. Le cadavre émet des rayons gamma.

Alors Inès avoue son crime. Pour tuer son mari, elle exposait tous les aliments qu'elle lui présentait aux rayons gamma dégagés par du nitrate d'uranium 235. Il ne s'agissait donc pas, à proprement parler, d'un poison, mais d'une irradiation mortelle.

Ces irradiations n'ont pas tué immédiatement le malheureux. Mais détruit peu à peu les cellules. Or les cellules détruites se reproduisent à peine. De plus, les rayons ont occasionné de dangereuses transformations dans la circulation et le métabolisme. La mort du milliardaire est survenue au bout de treize semaines de cet affreux traitement. Le médecin de famille et les spécialistes mexicains, ignorant tout à l'époque de ce genre d'accident, restèrent impuissants. C'était la maladie sans nom.

Le crime a donc failli être parfait : si l'on oublie son prix de revient exorbitant. Pour acquérir cet uranium, Inès a dû dépenser à peu près 80 millions de francs anciens de l'époque. On n'a d'ailleurs jamais su par quelle filière elle réussit à se le procurer. Il reste que son crime est classé le plus cher du monde.

RENCONTRE SUR L'OCÉAN INDIEN

DANS le sourd grondement de ses machines, le steamer mixte *Mékong,* d'une compagnie française de navigation maritime, aidé d'un remorqueur, vient lentement appuyer sa longue coque blanche, dans la nuit du 11 septembre 1954, au quai Freissinet dans le port de Dunkerque. Sans agitation, quelques hommes, avec des gestes précis, enroulent les boutes autour des bittes d'amarrage. Des ordres brefs tombent des haut-parleurs, dans un grincement de poulie la passerelle descend. Mais personne ne vient à terre. On dirait presque que le gros navire est là en cachette. Seul le second fait les cent pas à la coupée. Il a le type même du jeune officier de marine : l'air d'un Viking, les yeux bleus, les cheveux blonds frisés, tiré à quatre épingles.

Enfin, vers vingt-trois heures, deux projecteurs jaunes au bout du quai annoncent une voiture noire. Sans doute, une des dernières et célèbres tractions avant utilisées par l'Administration française. Elle s'arrête devant le *Mékong*. Un homme en descend, petit, maigre et moustachu, sévèrement vêtu d'un costume bleu marine en tissu léger, d'une cravate bordeaux ; il porte une serviette de cuir à la main. C'est le commissaire français du bureau d'Interpol à Paris, chargé d'enquêter sur la disparition de la belle et célèbre cavalière et championne de tennis Hélène Moor. Une deuxième voiture arrive dans la nuit, et il en descend un homme corpulent portant également une serviette noire à la main. C'est Durandel, l'avocat chargé par la famille Moor de déposer une plainte et de suivre l'affaire.

Depuis Aukland, en Nouvelle-Zélande, et la disparition d'Hélène Moor, le steamer mixte *Mékong* a fait du chemin. Il est venu jusqu'à Marseille, de là au Havre, puis la mer du Nord où il a déchargé du matériel destiné à l'équipement d'un des premiers forages de prospection pétrolière off shore. Puis Anvers où l'on a repeint sa coque, et le voici pour une nuit à Dunkerque, livré au petit commissaire français moustachu d'Interpol, tout juste une nuit avant de reprendre sa route inlassable.

Le commissaire français d'Interpol, maître Durandel et le second du *Mékong* se sont enfermés dans le carré des officiers. L'avocat sort de sa serviette une liasse de papiers.

« Dès que la disparition d'Hélène Moor a été constatée, dit-il, le commandant du *Mékong* a mis les scellés sur la cabine, et, lorsque le navire a fait escale à Aden, toutes les affaires d'Hélène Moor ont été envoyées à sa famille à Aukland, en Nouvelle-Zélande. Dans ses bagages, outre les vêtements et les objets personnels d'Hélène Moor, la famille a trouvé : un livre de comptes, des comprimés contre le mal de mer, un appareil photo mais où la pellicule n'est pas impressionnée et, surtout, deux lettres dont voici les photocopies. Vous voyez que la première de ces lettres a été écrite à sa sœur Jacqueline, en deux fois, le 15 et le 16 juillet. »

Le commissaire d'Interpol prend la première feuille et lit ce texte plein d'optimiste et rédigé d'une main ferme :

« Ma chère Jacqueline, tout va bien. Je suis au mieux. Quel merveilleux petit bateau que ce *Mékong* et combien le voyage y est agréable ! Six jours ou plus maintenant que je suis à bord, je ne sais. Nous faisons ce soir nos adieux aux côtes australiennes, et toute la journée nous avons longé un coin de la côte ouest. »

Ceci, c'est le texte du premier feuillet. Le ton du deuxième est bien différent : rédigé le lendemain, le ton change. Angoissée, Hélène Moor écrit :

« Comme je me sens mal, comme je suis

effrayée. Si je ne puis parvenir à dormir, je crois que je pourrais bien mourir. Quelquefois la nourriture à table me brûle la bouche. J'ai très soif et, lorsque je crache dans le lavabo, après m'être lavé les dents, je libère un liquide d'une couleur brun sale, même noirâtre.

Cette lettre pourrait vous parvenir d'Aden. Si je vais bien alors, je vous l'enverrai par câble. Avec toute mon affection, signé Hélène. »

Le troisième feuillet est une deuxième lettre adressée à Jacqueline. L'écriture s'y désintègre totalement. Le post-scriptum est écrit d'une main qui ne peut plus tenir la plume. Le ton n'est plus celui de l'angoisse, mais de la certitude d'un terrible événement.

Le commissaire d'Interpol lit en effet avec difficulté le post-scriptum de cette deuxième lettre :

« S'il est une raison à ma maladie, ne faites rien d'autre que prévenir la police pour savoir ce qui m'est arrivé. Je n'ai rien fait et ne ferai rien. »

« Qu'en pensez-vous ? demande l'avocat.

— Vous savez, fait remarquer le commandant en second, le mal de mer rend quelquefois les gens hébétés, hagards, d'autres fois il les plonge dans une angoisse terrible.

— Tout de même, cette femme soupçonne un empoisonnement, c'est clair, n'est-ce pas, monsieur le commissaire ? »

Le commissaire ne répond rien et se contente de demander qu'on le conduise à la cabine nº 7 qu'occupait Hélène Moor. Tandis qu'ils descendent l'escalier conduisant au pont promenade, l'avocat insiste :

« L'opinion de mon client, le docteur Moor, est que sa fille a été droguée et jetée par-dessus bord. »

Cette déclaration jette un froid, et le commandant en second guide ses visiteurs à la cabine de la disparue : une couchette spacieuse, une commode en acajou verni, style bateau, entre deux vastes hublots qui s'ouvrent sur le pont promenade et sous la passerelle de commandement. Le commandant en second ouvre la porte de la petite salle de bain, puis celles d'une penderie vide et tire un tiroir de la commode.

« Tous ses vêtements ont été retrouvés en ordre, dit-il, ainsi que ses effets de toilette. Il ne manquait que ses vêtements de nuit.

— Les hublots étaient fermés ? demande le commissaire.

— Oui. D'ailleurs un accident par les hublots est impossible puisqu'ils donnent sur le pont promenade. »

Le commissaire furète dans la cabine. Comme toutes les cabines de bateau, on y trouve ce que l'on y apporte. Lorsque l'on part pour un voyage heureux et que sur le plafond dansent les reflets scintillants de la mer, c'est un endroit merveilleux. Mais, si la nuit tombe, si la lumière jaunâtre n'y éclaire qu'un passager triste, cramponné à sa couchette tandis que le navire tangue bord sur bord et que la pluie gifle les hublots, elle devient une cellule sinistre. Et le commissaire demande :

« Quel était l'état d'esprit d'Hélène Moor lorsqu'elle s'est embarquée, commandant ?

— Tout le monde vous dira qu'elle paraissait pleine d'enthousiasme. Elle envisageait son séjour en Europe avec joie. Pendant les trois premiers jours, elle paraissait vivre un enchantement. »

Pour le moment, le commissaire ne connaît d'Hélène Moor que ce qu'il en a lu dans les journaux, à savoir qu'elle avait vingt-huit ans, que son mari, né en Nouvelle-Zélande où elle a toujours habité, a été tué à la guerre. Que le couple n'avait pas d'enfant. Que la jeune femme n'avait jamais songé à se remarier, malgré les offres de nombreux prétendants. Que, fort jolie, élégante et riche, elle se consacrait surtout aux sports. Que le 3 juillet 1954 elle avait pris place à bord du *Mékong*. Qu'elle venait en Europe pour perfectionner son entraînement de cavalière en vue des jeux Olympiques de 1956 à Melbourne, et auxquels elle devait représenter son pays.

Il sait aussi que son voyage avait été organisé par un aristocrate anglais, un officier vivant en Nouvelle-Zélande. Elle avait pris en Europe des rendez-vous dans les clubs londoniens en relation avec son propre club d'Aukland et devait y rencontrer la championne anglaise Pat Smyth. Mais, bien entendu, tout ceci n'exclut pas la possibilité d'un drame secret, d'un désespoir souterrain qui aurait pu ruiner son équilibre et la pousser au suicide.

L'avocat, le commissaire et le second sont retournés au carré des officiers où les attend le commandant du *Mékong*. Autant son second a l'air d'un Viking, autant le « pacha » ressemble à l'un de ces vieux marins grecs, noirauds, tannés et recuits par quarante années de mer et de soleil. Comme il s'est levé tout exprès pour recevoir le policier, celui-ci le rassure :

« Je n'en aurai pas pour longtemps, commandant. Vous me dites ce que vous savez et vous allez vous recoucher.

— Je sais assez peu de chose. Le 16 juillet, vers dix-sept heures trente, le commandant en second, ici présent, m'a fait savoir que la passagère Hélène Moor, qui paraissait très agitée, demandait à me voir. Je l'ai reçue ici même. Elle présentait tous les symptômes classiques du mal de mer, aggravés par une angoisse assez incompréhensible. D'entrée, elle m'a offet 1 000 livres pour que je la ramène au port australien le plus proche. C'était non seulement impossible mais stupide. J'ai cru la réconforter, et je lui ai donné deux comprimés de Gardénal. Puis elle m'a demandé un imprimé de télégramme radio que je lui ai donné. Quelques instants plus tard, je l'ai aperçue dans l'un des salons avec un passager australien. J'ai supposé qu'elle rédigeait un télégramme. C'est un passager qui l'a déposé lui-même à mon bureau dans la soirée. Je l'ai précieusement gardé, le voici :

« Comte Sratford, 94, South Road, Aukland — Dick, j'ai peur. Si je ne suis pas transférée du *Mékong* je serai affreusement malade. Je vous prie de faire votre possible pour que je sois ramenée en Nouvelle-Zélande le plus tôt possible. N'en parlez pas à ma famille. Hélène Moor. »

— Pourquoi ne l'avez-vous pas envoyé ? demande le commissaire.

— Bah ! mon Dieu, il me paraissait impossible à transmettre. Convenez qu'il aurait pu être mal interprété. A ce moment-là, il était tard. J'ai pensé qu'Hélène Moor devait dormir profondément sous l'effet du Gardénal. Alors j'ai demandé l'avis d'un autre passager, un révérend père. Il m'a dit qu'il était d'accord avec moi, qu'il valait mieux attendre le lendemain pour demander à Hélène Moor soit de renoncer à l'expédition du télégramme, soit d'en modifier le texte. »

A ce moment de la déposition du commandant, le commissaire ressent ce qui serait chez nous un léger malaise, mais qui chez un policier déclenche une jubilation intérieure. Quelque chose ne colle pas. Il sort de sa serviette une feuille de papier. C'est le texte de la déclaration du fameux passager australien qu'il lit à haute voix à l'usage du commandant. Voici cette déclaration :

« J'ai vu madame Moor pour la dernière fois le 16 juillet à dix-huit heures. Elle me parut très malade. Je lui dis que c'était le mal de mer. Je lui conseillai d'aller se coucher, lui assurant que le lendemain elle serait beaucoup mieux. Elle me quitta. J'allai me coucher vers vingt-trois heures. Je lus jusqu'à trois heures du matin dans ma cabine. Le lendemain, vers huit heures trente, le steward vint me demander si j'avais vu madame Moor. Je lui répondis par la négative. C'est ainsi que j'ai appris sa disparition. »

« Comme vous le voyez, commandant, à aucun moment ce témoin ne fait état du télégramme. Comment expliquez-vous ça ?

— Je ne l'explique pas. De même que je ne m'explique pas pourquoi ce passager a mis tellement de temps à me faire parvenir ce télégramme. De toute façon, commissaire, je crois que c'est sans importance, compte tenu de tout ce que nous savons et de mon impression personnelle, je suis convaincu qu'il n'y a pas eu de meurtre ni d'accident. Je penche personnellement pour un suicide à la suite d'une dépression nerveuse déclenchée ou aggravée par le mal de mer. »

Tandis que le commandant retourne se coucher, un personnage falot, que l'on a tiré de sa cabine et qui s'est habillé en hâte, est entré dans le carré pour être interrogé par le commissaire. C'est le steward Paul Masson.

« Après le commandant, le 16 juillet, vous avez vu Hélène Moor. Dans quelles circonstances ?

— Elle m'a demandé d'aller chercher le maître d'hôtel pour qu'il lui apporte un léger repas dans sa cabine.

— Comment était-elle ?

— Elle avait un tailleur vert et paraissait très fatiguée... Elle était assise sur le bord de sa couchette.

— Vous êtes revenu avec le maître d'hôtel et vous n'avez rien remarqué d'anormal ?

— Non, il a posé son plateau et il est parti.

— Elle a pris son repas ?

— Sans doute, puisque le lendemain le plateau était vide.

— Et après ?

— Le soir, vers vingt-deux heures, Mme Wirmet, une grosse dame anglaise, est venue me trouver. Comme elle avait proposé à Mme Moor de passer la nuit avec elle au cas où elle se sentirait souffrante, elle s'était rendue à sa cabine. Elle a frappé à la porte. La porte s'est entrebâillée légèrement. Elle a eu le temps de s'apercevoir que la cabine était dans le noir. Elle a dit quelques mots à la personne qui se trouvait à l'intérieur en pensant que c'était Hélène Moor, mais personne ne lui a répondu. Alors, au bout d'un instant, la porte a été brusquement repoussée et elle a entendu le verrou.

— C'est tout ce que vous a dit cette dame ?

— Non, pas tout à fait. Elle m'a demandé d'aller voir. Je lui ai répondu que ça ne me regardait pas, que les passagers avaient le droit de recevoir qui ils voulaient et quand ils voulaient.

— Bien. Et après ça ?

— Ben après ça, rien. Le lendemain, à huit heures trente, lorsque j'ai apporté le plateau du petit déjeuner, j'ai frappé à la porte... Personne ne répondait. Comme la porte n'était pas fermée, je suis entré et j'ai vu que Mme Moor n'était pas là. »

C'est la disparition la plus mystérieuse qui soit, et Dieu sait que les disparitions à bord d'un navire sont toujours mystérieuses.

L'alerte donnée, le commandant de bord est venu dans la cabine : il n'y avait aucun désordre. Tous les vêtements de jour étaient là, et le lit n'était pas défait. Rien de plus. La suite de l'enquête se fait donc en Australie.

A Melbourne, l'homme d'Interpol n'est pas un petit moustachu, mais un gaillard athlétique qui mâche du chewing-gum.

Le 12 octobre 1954, il promène un regard bleuâtre sur une modeste maison d'un faubourg où demeure celui qui va devenir le témoin principal dans la disparition d'Hélène Moor survenue trois mois plus tôt sur le steamer mixte *Mékong*.

La villa est occupée par un vieux peintre,

petit, desséché, autoritaire, au regard extrêmement vif. Malheureusement, à quatre-vingt-six ans, il ne peut pratiquement plus exercer son métier. D'une vie de bâton de chaise, il ne lui reste que des dettes, une femme de trente ans plus jeune que lui et un fils lamentable. Ce fils est un vieux jeune homme de trente ans au teint blafard, aux gestes saccadés. Son regard, généralement fuyant, devient une véritable provocation lorsqu'il fixe quelqu'un, trahissant une timidité aux dimensions dramatiques et au point de gâcher sa vie à jamais. L'homme d'Interpol la devine tout de suite lorsqu'il s'assoit devant lui.

« Vous étiez sur le *Mékong* le 16 juillet 1954 ?

— Oui, répond le vieux jeune homme.

— Pourquoi faisiez-vous ce voyage ?

— J'avais obtenu une place à Londres dans un journal.

— Et vous êtes déjà revenu ?

— Oui, ça n'a pas collé. »

Ce qu'il ne dit pas, c'est que rien n'a jamais « collé » pour lui. La mère l'a dit tout bas à l'homme d'Interpol. C'était la dixième place qu'on lui proposait et la dixième fois qu'on le remerciait au bout de quelques jours, quand ce n'était pas quelques heures d'essai. Ce vieux jeune homme indispose immédiatement. Il fait peur, il est instable, violent, gesticule ou reste terré dans son coin. Lorsqu'il entreprend quelque chose, il se laisse aller à l'improvisation et ne parvient jamais à suivre une règle. Il est toujours ou inutile, ou à côté de la plaque, voire funeste. Son père s'est donc saigné aux quatre veines pour l'envoyer à Londres, et ce fut une catastrophe le mois dernier lorsqu'il revint.

« Vous avez connu Hélène Moor ?

— Comme tout le monde, sur le bateau.

— Un peu plus que tout le monde puisque le commandant vous a vu rédiger un télégramme avec elle. »

Le vieux jeune homme convient qu'en effet elle et lui étaient bons amis. Il essaie de faire croire qu'Hélène Moor l'avait trouvé à son goût, mais le policier devine qu'en réalité pendant les premiers jours elle avait dû le prendre en pitié.

« Un homme de votre âge, fait remarquer le policier, et une femme si jolie, vous avez dû lui faire la cour, ce serait normal ? »

Oui, en effet, le vieux jeune homme lui a fait la cour. Mais ça n'a pas été plus loin.

« C'est bizarre, observe le policier qui, brusquement, se décide à mentir pour frapper un grand coup. C'est bizarre parce que vers vingt-deux heures, le 16 juillet, on vous a vu dans sa cabine.

— Je parlais avec elle.

— Dans le noir ? Et pourquoi avez-vous repoussé brutalement la porte ? Elle devait dormir, elle avait pris du Gardénal. »

A ce moment, le policier observe les gestes

secs, exagérément secs, exagérément rapides, décousus du vieux jeune homme, des gestes irréfléchis et mal contrôlés. Comme un éclair, la vérité lui apparaît.

Ce n'est encore qu'une hypothèse, mais l'homme d'Interpol fait bien son travail, et il sait au bout de quelques heures comment le vieux jeune homme avait cru rencontrer avec Hélène Moor l'occasion de sa vie. Comment, fou de désir, il a attendu trois heures avant de porter le télégramme, craignant que l'envoi de celui-ci ait pour conséquence le retour en Australie du *Mékong,* alors qu'il attendait tout de la nuit qui allait commencer. Comment, profitant du désarroi complet de la jeune femme, que le mal de mer plongeait dans une dépression atroce, il l'avait rejointe dans sa cabine. Comment il l'avait harcelée de ses suppliques pendant des heures. Et comment, lorsqu'elle s'était endormie épuisée et sous l'effet du Gardénal, il avait cru le moment venu.

Mais Hélène Moor s'était réveillée et, titubante, dans un état second, elle avait couru en chemise de nuit sur le pont.

Lorsqu'il l'a rattrapée et lui a mis la main sur la bouche pour l'empêcher de hurler, il ne savait plus que faire. La mer était calme, il n'y avait pas de vent. S'il retirait sa main, tout le monde entendrait ses cris. Alors, ce fut irréfléchi. Il l'a poussée, poussée, poussée, jusqu'à ce qu'elle soit pliée en deux sur le bastingage.

Quand sa main a glissé et qu'elle a enfin crié, il était trop tard, elle tombait. Personne n'a rien entendu.

Ceci était l'histoire de la rencontre d'une jeune femme extraordinaire et d'un jeune homme minable, en mer, où tout, le meilleur comme le pire, est parfois démesuré.

LE HOLLANDAIS VOLANT

A MEXICO, au Camilo Real, immense hôtel de luxe. Au septième étage, cinq coups de feu en rafale viennent de claquer. Tout un chargeur. Les voisins de la chambre 708 entendent un corps s'écrouler sur la moquette, puis le bruit d'une porte qui claque violemment suivi d'une cavalcade dans le couloir.

Quand la police arrive, c'est pour trouver cinq balles de Smith & Wesson dans le cadavre de Maria Anueta. La jeune femme, très belle, est effondrée dans la chambre 708, louée pour elle, à longueur d'année, par un patron de la Maffia célèbre dans toute l'Amérique du Nord et portant le nom d'un non moins célèbre compositeur de musique : Morricone, ce qui n'est que pure coïncidence.

Or Morricone, à l'heure de cet assassinat, est à Tampico pour affaire, à 605 kilomètres de là.

Par contre, le dénommé Gervit Cuypers, qui, cette nuit-là, partagea sa chambre avec la victime, a disparu. C'est lui sans doute que l'on a entendu courir dans le couloir, et le concierge de nuit l'a vu passer hagard. Il descendait l'escalier en courant, des effets entassés à la hâte dans un sac en plastique.

« La fille a oublié ça chez moi, a-t-il prétendu. Je reviens tout de suite. »

Et le concierge de nuit, qui n'avait pas entendu les coups de feu, l'a laissé sortir.

Le lendemain, le bureau d'Interpol à Mexico demande, par télex, qui possède un dossier au nom de Gervit Cuypers, citoyen hollandais né le 12 septembre 1935 à La Haye, fils de Philip et Sarah, passeport numéro 3 727 263, soupçonné d'avoir vidé un chargeur sur Maria Anuata, vingt-sept ans, sans profession.

A Interpol, lorsqu'on demande le dossier Gervit Cuypers au fichier de la documentation criminelle, on s'y rend en ligne droite, sans hésiter. Ce dossier, on le connaît bien. Il est de ceux qui dorment, bien au calme, et dans lesquels, de temps en temps, on se contente de glisser la fiche d'un nouveau méfait. Il s'agit toujours d'émission de chèques sans provision, de grivèlerie, d'utilisation de traveller's chèques volés un peu partout dans le monde et dans un rayon qui ne dépasse pas cinq kilomètres autour des aéroports internationaux. D'où le surnom donné par Interpol à ce bizarre client : « le Hollandais volant ».

Ainsi croyait-on bien connaître le Hollandais volant : un de ces jeunes qui se cantonnent dans l'illégalité avec la même simplicité que d'autres deviennent plombier, journaliste ou ferronnier d'art, des métiers où l'on est libre de disposer de son temps. Physiquement, le Hollandais n'a rien du tueur, au contraire : taille 1,87 mètre, cheveux blond foncé, yeux bruns, un très beau garçon d'une trentaine d'années dont la force physique semble parfaitement contrôlée. Dans l'ensemble, un mélange de caractère juif et de caractère flamand dans ce qu'ils ont de plus sympathique. Le visage ovale est plutôt doux.

Si l'on s'en rapporte à son dossier, le Hollandais volant a quitté la Hollande en 1954, avec sa mère, pour l'Australie. Revenu aux Pays-Bas puis reparti pour l'Australie en 1957, il semble s'y être fixé. Là, il a eu le loisir de commettre quelques délits dans la région de Sydney : quelques faux et un vol. La condamnation pour vol est intervenue le 10 février 1958. Il semble qu'à partir de cette époque la « bougeotte » l'ait repris. Le 6 mars 1958, il escroque la KLM de Sydney d'un billet pour Rome et prend l'avion aux frais de cette compagnie. Le lendemain, à l'escale de Manille, il vole un chéquier à un ressortissant néerlandais. On le retrouve en France où, entre le 22 mars et le 2 avril 1958, il passe son temps en prison à Nice pour grivèlerie. Le voilà donc revenu en Europe dont il semble avoir la nostalgie. A peine sorti de la prison de Nice, la police suisse de Zurich le signale le 8 avril 1958 pour une escroquerie avec des traveller's chèques perdus. Puis on le voit en Italie où il travaille toujours dans le traveller's chèque, volé cette fois. Cela se passe en octobre 1958.

Sa vie sexuelle est apparemment normale. Ses liaisons ne durent pas, et il doit se serrer la ceinture assez souvent, lorsqu'il est en prison, par exemple. C'est peut-être pour cela que la Hollande, sa patrie d'origine, l'attire et qu'il y revient. Mais celle-ci ne paraît pas apprécier sa présence et le traite durement. Les juges d'Amsterdam, le 6 janvier 1959, lui ont décerné quinze mois de prison pour escroquerie et grivèlerie. Ensuite ce fut le calme plat durant trois ans pour ce dossier qui somnole depuis dans les archives.

Vue froidement et logiquement, la personnalité du Hollandais ne le porte pas au crime et même au port d'arme.

Huit jours plus tard. Le bureau d'Interpol à Hong Kong signale qu'un certain Gervit Cuypers signe généreusement des chèques tirés sur une grande banque américaine : la Marine Middland Trust Company. Vérification faite, le Hollandais volant ne possède évidemment pas de compte à cette banque. Maria Anueta, victime, non plus. Il a donc volé ou acheté un chéquier quelque part.

Mais il n'est plus à Hong Kong, où il s'était procuré en quelques jours des bijoux de valeur : arrivé le 22 octobre par avion, il a fait ses achats le 24 et est reparti le 25 octobre, toujours par avion, en exhibant un passeport au nom de lui-même : Gervit Cuypers, tout simplement, et ce passeport lui a été délivré en bonne et due forme, c'est bien le sien.

Soudain, les téléscripteurs se déchaînent. Les demandes de renseignements s'entrecroisent. Cuypers, son carnet de chèques de la Marine Middland Trust Company à la main, vient d'apparaître dans le collimateur de diverses polices européennes. L'Europe est quand même le plus touristique des cinq continents, et il en profite. Il a d'ailleurs affiné son style et utilise maintenant plusieurs « alias », c'est-à-dire plusieurs identités. Il signe des chèques de la Middland à une cadence infernale : Allemagne, le 4 décembre 1963 à Francfort, le 5 décembre à Bonn, le 9 décembre à Düsseldorf. Il n'est jamais plus de quarante-huit heures dans la même ville. Le Hollandais volant donne l'impression d'avoir une peur panique.

Première hypothèse : il a commis le crime et il fuit la justice. Mais tirer des chèques sans provision, passer et repasser les frontières n'est pas le plus sûr moyen de passer inaperçu.

Deuxième hypothèse : il n'a pas commis l'assassinat, mais il sait qu'il lui sera impossible de se disculper, et dans cette hypothèse encore il fuit la justice. Mais dans ce cas on retombe dans le défaut de la première hypothèse : ce n'est pas le meilleur moyen d'échapper à la police.

Troisième hypothèse : il n'a pas commis l'assassinat, mais il en a été témoin. Témoin gênant. Et il craint d'être abattu par un tueur de la Maffia.

Enfin, quatrième hypothèse : il est un témoin gênant, et il est dans une impasse : ou il se tait et il sera accusé du crime, ou il parle et il sera abattu... Seule cette quatrième hypothèse expliquerait logiquement son attitude.

Tandis que l'on transmet presque quotidiennement, mais toujours avec un temps de retard, l'itinéraire du Hollandais volant à la police de Mexico, Interpol lui communique le fruit de ses réflexions. Et la police mexicaine est d'accord sur cette analyse. Elle a de sérieux doutes sur l'authenticité de l'alibi de Morricone. Mais il est difficile d'écarter une participation de Gervit Cuypers au crime, car ses empreintes sont sur le revolver, et c'est ennuyeux.

Pendant ce temps, le Hollandais volant révolutionne tous les concepts. Aussi perfectionnés soient-ils, les moyens de transmission d'Interpol, compte tenu des décalages horaires et des problèmes linguistiques, n'arrivent pas à le suivre. Il se déplace à la vitesse du son. Ce n'est plus un voyageur, c'est un missile ! Il vient de passer au Danemark où il signe encore des chèques entre le 8 et le 15 décembre à Copenhague. Puis il a franchi le Cattégat, et la police suédoise signale son active présence à Stockholm. C'est du travail « entre deux trains ».

Bien entendu son signalement est diffusé partout, et ses habitudes aussi. Malheureusement, le Hollandais volant est sans doute parvenu à falsifier son passeport ou à s'en procurer plusieurs différents, car le 27 décembre 1963, revenant de Scandinavie, il s'arrête à Hambourg pour quelques nouveaux achats et reparaît à Istanbul sans le moindre problème. Il revend ici ce qu'il achète là-bas. Tous ses achats sont payés avec le même chéquier. Tous les hôtels sont réglés, ce carnet de chèques est donc inépuisable ?

Enfin, le 31 décembre, Interpol Mexico prévient le secrétariat général : « l'alibi de Morricone s'est effondré. Il faut signifier si possible à Gervit Cuypers qu'il est recherché comme témoin. »

Mais, si ce sont les tueurs de Morricone qu'il fuit autant que la police, cela ne change pas grand-chose.

Le début de la nouvelle année constitue pour le Hollandais volant un véritable marathon du chèque sans provision. Après Stockholm, c'est Tel-Aviv, Naibori, New York.

Interpol apprend que, en plus des chèques de la Marine Middland, Gervit Cuypers a réussi à se procurer un carnet de traites en blanc de Jordan and Son's, de Londres, un carnet de chèques, où il n'en reste plus que cinq ou six, de la First National City Bank et un autre, enfin, comportant onze chèques, de la Chase Manhattan Bank.

L'Autriche voit passer le Hollandais volant les 21 et 22 janvier 1964. Il œuvre à Vienne et à Innsbruck où, sous un nouveau nom, il dit vouloir assister aux Jeux Olympiques d'hiver. C'est sans doute vrai, car la Norvège le signale à Oslo le 11 février 1964.

Au secrétariat général d'Interpol à Saint-Cloud, le personnel assiste, impuissant, à cette fuite éperdue. Et chacun de compter sur ses doigts les chèques qu'il doit lui rester. Et chacun de supputer les chances qu'il a de s'en tirer. D'une façon générale, il semble que cette frénésie réponde à un double calcul : d'abord fuir, brouillant les pistes ; amassant suffisamment d'argent pour ensuite se cacher dans un endroit discret avec ce qu'il faut pour attendre des jours meilleurs. Mais son attitude est consternante. Le Hollandais volant signe généralement de son nom véritable, et sa signature est maintenant bien connue. Les représentants des différentes banques devraient refuser les chèques et prévenir immédiatement la police laquelle préviendrait Interpol. Au lieu de cela, cette signature — pourtant toujours messagère d'un délit — est acceptée, et il faut que les chèques finissent dans les banques centrales pour qu'on s'aperçoive qu'ils sont sans provision et qu'on avertisse Interpol. Ce qui fait à chaque fois des jours, voire des semaines, perdus.

On a maintenant des informations plus précises concernant la personnalité du Hollandais volant. Il semble être plutôt timide et discret. C'est un sportif, curieux de belles choses. Lors de ses rares moments de détente, il se rend au cinéma ou visite des musées. Mais aucune liaison féminine notable ne jalonne son parcourt.

Dans son dossier, la liste de ses escroqueries s'allonge. Il achète tout et n'importe quoi : des diamants, des bijoux, des porte-cigarettes, des montres, des caméras, des vêtements et même un carillon ancien. Le plus souvent, il revend ces objets dans une autre ville, mais il lui arrive de les mettre en gage une heure après les avoir achetés.

Ce grand garçon est évidemment une fripouille, et le moyen qu'il a choisi n'est pas le bon. Mais on ne peut s'empêcher de ressentir une certaine sympathie et une pitié certaine, car, s'il n'est pas abattu, il lui faudra un siècle de prison pour purger les peines que lui infligera chaque pays.

Le 12 février, le bureau d'Interpol à Mexico avertit le secrétariat général qu'il pense avoir reconstitué le crime du Camilo Real. Morricone est entré dans la chambre 708 alors que la femme était dans la salle de bain. Il y a eu une brève lutte au cours de laquelle Gervit Cuypers a réussi à désarmer son adversaire. Celui-ci a fait mine de partir et Gervit lui a rendu son revolver. Mais Morricone attendait derrière la porte. Quand la femme est sortie de la salle de bain, il est entré à nouveau et a vidé son chargeur. Bien entendu, Morricone nie. Le témoignage de Gervit Cuypers est indispensable pour étayer l'inculpation. Plus que jamais.

Le 16 février, Interpol à Rome signale que Gervit Cuypers a acheté ce matin un billet pour Dublin sur la B.E.A. et a sans doute décollé sur le vol 224 à dix heures, qui se pose à Londres à quatorze heures quarante.

Le secrétariat général, qui possède la liste de tous les faux noms du Hollandais volant, demande à Stockholm de lui communiquer la liste des passagers, afin que Scotland Yard puisse l'arrêter s'il est à bord.

Or, dans la liste des passagers, outre l'un des noms du Hollandais volant, un autre nom apparaît : Emilio Anueta. Anueta, c'est le nom de famille de la femme qui a été tuée dans la chambre 708. Immédiatement, l'idée vient de la vendetta à la mexicaine, cliché peut-être, mais souvent vrai, d'un parent, un frère par exemple, décidé à venger sa sœur.

L'atterrissage du vol 224 est attendu à Londres avec impatience. A quatorze heures quarante, trois hommes de Scotland Yard et un commissaire d'Interpol, qui a fait un saut par-dessus la Manche, attendent le vol de la B.E.A. dans une voiture banalisée et sous une pluie glacée. Lorsque l'avion s'arrête à son poste, la voiture roule jusqu'à lui. Un panier à salade, dans lequel ont pris place des policiers armés et en uniforme, se dissimule à moitié derrière les déflecteurs qui font un arc de cercle à la queue de l'appareil. Le commissaire d'Interpol saurait reconnaître le Hollandais volant quand bien même il se serait laissé pousser la barbe ou la moustache. Depuis le temps qu'il voit et revoit sa photo et qu'il vit avec lui par la pensée, il ne peut pas le rater. Mais comment reconnaître Emilio Anueta ?

Dès que la passerelle est appuyée contre l'avion et dès que la porte s'ouvre, l'un des inspecteurs de Scotland Yard gravit les marches et, sans avoir besoin de rien expliquer aux hôtesses prévenues par radio, appelle à haute voix dans la cabine :

« Monsieur Emilio Anueta ? Monsieur Emilio Anueta ? »

Un petit homme d'une cinquantaine d'années, dans un pardessus en poil de chameau, se lève et s'avance d'un pas décidé.

« Vous êtes monsieur Emilio Anueta ?... Oui ?... Scotland Yard. Voulez-vous me suivre...

— Mais pourquoi ? demande l'homme dans un anglais approximatif.

— Ce n'est pas à moi de vous l'expliquer. Suivez-moi... »

Sans insister, l'homme prend une petite valise dans le porte-bagages, fait un petit signe de la main à un grand type jeune qui dépasse tous les passagers d'une tête et suit l'inspecteur. Ensuite, le commissaire d'Interpol regarde les passagers sortir les uns après les autres de l'avion, se protégeant comme ils peuvent de la pluie qui les gifle et courant jusqu'à l'autobus... Soudain, il touche légèrement le coude de l'inspecteur de Scotland Yard à côté de lui :

« Tenez, le voilà ! le grand type avec un duffle-coat. »

L'inspecteur sort de voiture, se présente au pied de la passerelle et interpelle le grand gaillard en duffle-coat dont le cou puissant émerge d'un col roulé... Il ne manque pas d'une certaine prestance, paraît intelligent, mais affreusement fatigué.

« Monsieur Gervit Cuypers ?

— C'est moi.

— Suivez-moi », dit l'inspecteur.

Bizarrement, le Hollandais volant n'a pas paru effrayé. C'est dans les locaux de la police des frontières de l'aéroport que le commissaire a la clé de cet étrange comportement, lorsque les hommes de Scotland Yard interrogent le jeune homme qui fume nerveusement cigarette sur cigarette, jetant sur tout ce qui l'entoure un regard méfiant.

« Qu'est-ce qui t'a fait fuir ? La police ou Morricone ?

— Morricone. Après le meurtre, il est parti tranquillement par l'ascenseur. Pendant que la porte se refermait, il l'a tenue un instant avec le pied et il m'a dit : « Tu ferais mieux de « ficher le camp ! Si la police te prend, tu « seras coupable. Et si tu parles, je te ferai « descendre, où que tu sois. »

— Tu connais Emilio Anueta ? demande encore l'homme de Scotland Yard.

— Oui. C'est le père de Maria Anueta. Il est le chef d'escale à l'Aerolinas Mexicanas à Rome. Il a su que j'étais sur ce vol. Il a voulu faire le voyage avec moi pour me convaincre d'accepter de témoigner contre l'assassin de sa fille.

— Et alors ?

— Et alors je veux bien. Il faut bien que ça finisse un jour. Mais je vais récolter trois cents ans de prison. Alors, j'aurais voulu choisir.

— Choisir quoi ?

— Le pays où me constituer prisonnier.

— Quel pays aurais-tu choisi ?

— Je suis ressortissant hollandais. Je n'ai commis aucune infraction en Hollande. Et la Hollande n'extrade pas ses ressortissants. J'aurais préféré me constituer prisonnier en Hollande. »

Est-ce le fruit d'une indulgence coupable ? Est-ce par suite de l'application scrupuleuse d'une réglementation compliquée ? Le Hollandais volant ne passa pas la frontière de l'aéroport de Londres. Il sera refoulé par les autorités anglaises. Après avoir attendu quatre heures, il sera embarqué sur un vol de la K.L.M. et se posera en fin de journée à l'aéroport d'Amsterdam. Son témoignage écrit sera transmis à la justice mexicaine, tandis qu'il se reposera en prison durant quelques mois seulement de cet infernal voyage. Il faut dire que Morricone était une belle prise compensatoire pour toutes les polices du monde.

LE MALHEUR « ÇA VAUT DE L'ARGENT »

DES rochers extraordinairement blancs au milieu d'une mer extraordinairement bleue. Crachotant, étouffant, un homme nage, essayant d'éloigner un gros chien noir qui patauge autour de lui. Épuisé, le malheureux s'accroche d'une main à un rocher et de l'autre attire le corps d'une femme vêtue d'une robe légère que le va-et-vient des vagues ouvre et referme comme une corolle d'anémone. Il prend enfin pied en chancelant, hisse la femme dans un dernier effort et, tandis que le chien s'ébroue, crie :

« Au secours ! Au secours ! »

L'homme, en chemise et pantalon, regarde autour de lui le merveilleux paysage de l'île Hydra, dans le golfe d'Athènes : quelques villas enfouies dans la végétation et dissimulées par de vieux murs zigzagant dans les propriétés.

Il n'a que de vagues notions de secourisme, un peu de respiration artificielle, un peu de bouche à bouche, rien n'y fait, la femme reste inerte.

Lorsque enfin quelques vacanciers surgissent, ils trouvent un homme de cinquante ans, effondré, près du corps de la malheureuse, une très jeune femme dont les yeux très grands sont restés ouverts, et qui porte encore un joli petit collier grec autour du cou. Elle est morte.

Aux policiers grecs qui entendent sa déposition, René Velcure raconte :

« Nous étions partis avec Blanche à la pêche sur la barque que vous avez trouvée. Son chien Melchior était avec nous. Je pêchais lorsque soudain la barque a basculé, et j'ai entendu un « plouf ! ». Je tournai la tête et vis que Melchior avait sauté de la barque. Je dis à Blanche : « Empêche-le de nager autour de la bar« que. Comment veux-tu que je pêche... » Là-dessus, j'ai pris les rames pour m'éloigner un peu. Mais comme Blanche ne répondait rien et que le chien pataugeait toujours, je me suis retourné... Blanche n'était plus dans la barque. Je me suis dressé pour regarder autour de moi. Je ne la voyais pas... »

René Velcure a cinquante ans. Il n'est pas beau, avec ses yeux de myope légèrement globuleux, mais il est intéressant et intelligent en tout cas. Une belle voix grave, convaincante, autoritaire, avec des mimiques expressives comme en aurait un avocat ou un acteur dramatique. Il paraît très affecté par la mort de la jeune femme.

« Mon premier geste a été de jeter une bouée là où le chien nageait.

— Vous n'ignoriez pas qu'elle ne savait pas nager. Alors, pourquoi n'avez-vous pas plongé tout de suite ?

— Mais je vous l'ai dit, je ne la voyais pas. Comme si elle avait coulé à pic.

— Il n'y a pas plus de cinq mètres de fond, à cet endroit.

— Peut-être. Mais je ne suis pas un champion. Et, encore une fois, je ne la voyais pas.

— C'est une des eaux les plus transparentes du monde.

— Peut-être. Mais le chien qui nageait tout autour de la barque la troublait sans arrêt. Je n'arrivais pas à voir le fond.

— Combien de temps s'est-il écoulé avant que vous vous décidiez à plonger ?

— Je ne sais pas. J'ai plongé dès que je l'ai aperçue, mais il s'était déjà écoulé quelques minutes. Et il y avait déjà plusieurs minutes qu'elle était tombée à l'eau. En tout, peut-être dix minutes.

— Dix minutes. C'est long. C'est trop long.

— A qui le dites-vous... J'avais complètement perdu les pédales.

— Votre compagne était mariée ?

— Oui. Avec un dentiste autrichien. Mais elle avait décidé de vivre avec moi. Ces vacances, c'était un peu notre lune de miel. »

La police grecque d'Hydra, après avoir estimé que la déposition de René Velcure est plausible, admet qu'il s'agit d'un accident, et celui-ci, dès la fin des obsèques de sa compagne, emprunte à son hôtelier de quoi gagner la Suisse par le premier avion. Mais, au dernier moment, la compagnie d'assurances anglaise The Confidence annonce par un coup de téléphone que cet accident lui semble louche, René Velcure ayant souscrit récemment une assurance sur la tête de sa maîtresse. Trop récemment.

Il serait immoral qu'il profite d'un crime, mais tout aussi immoral que l'assurance profite de la situation pour ne pas payer, estime la police qui le laisse partir.

Deux jours plus tard, un homme sombre se présente à la police. Autant René Velcure était prolixe, racé, autoritaire, presque hautain, autant celui-ci était rondouillard, petit, sobre et insignifiant.

« Je m'appelle Vilmar. Je représente la compagnie d'assurances The Confidence. Je vous apporte les éléments d'information au sujet de René Velcure qui devraient vous conduire à refaire votre enquête. »

Le petit homme sort de sa poche un carnet où des multitudes de notes sont consignées d'une écriture fine et lisible de lui seul. Il va les débiter, sans commentaire, d'une voix monocorde.

« Entrepreneur et financier, René Velcure, en instance de divorce, est considéré par la justice française comme un escroc notoire. Il est accusé de recel de titres volés, de vente de titres de propriété ne lui appartenant pas, d'émission de chèques sans provision et de subordination de témoins. »

Le représentant de l'assurance lève par moments des yeux inexpressifs et bleuâtres sur son interlocuteur.

« Le 6 mai 1956, donc il y a un mois, il a souscrit une assurance accident sur la tête de la victime, assurance dont il devait être le bénéficiaire. Bien entendu, nous estimons que René Velcure nous a fait une fausse déclaration en nous cachant que sa maîtresse était mariée et qu'il avait des démêlés avec la justice.

« Mais ce n'est pas tout. Son premier geste, à son arrivée en Suisse, a été de réclamer le versement des 500 000 francs à notre compagnie. »

Cette fois, le petit homme referme son carnet et le glisse dans sa poche.

« Voilà pourquoi, dit-il, nous demandons à ce que l'enquête soit reprise. S'il s'agit d'un crime, le versement de cette prime de 500 000 francs constituerait une injustice insupportable.

— Bien entendu, réplique le policier. Mais il

faut convenir que sa déposition est très plausible, et qu'il serait tout aussi injuste de le traîner en justice et de lui refuser le versement de la prime s'il s'agit vraiment d'un accident.

— J'insiste, dit le petit représentant de la compagnie d'assurances. D'ailleurs, nous allons porter plainte. Et il faudra bien que la vérité soit faite. »

C'est ainsi que René Velcure, recherché par la justice grecque, la justice française et autrichienne, car le mari de sa maîtresse était autrichien, est arrêté à Genève à la demande d'Interpol. Il est livré à la police grecque qui l'inculpe d'homicide involontaire, et il est jugé à Paris par défaut et condamné à cinq ans de prison pour escroquerie.

En Grèce, l'autopsie de sa malheureuse maîtresse ne révèle ni contusions ni traces d'étranglement, et il est établi que la noyade est bien la cause de sa mort.

Par contre, la reconstitution de l'accident n'est pas probante. Velcure se contredit parfois. C'est ainsi que, après avoir prétendu tout ignorer des circonstances qui ont précédé la chute de sa maîtresse, il explique maintenant que c'est le chien qui l'a bousculée. Tant et si bien qu'il comparaît finalement, après une année d'enquête, devant un premier tribunal.

Derrière l'accusation, c'est le petit homme rondouillard aux yeux glacés, le représentant de la compagnie d'assurances The Confidence, qui mène la danse. Au début il a beau jeu :

« Vous avez cru voir dans l'homme qui sortait des flots sa malheureuse compagne un brave homme en vacances. Mais voilà la vérité. Il était déjà connu dans toute l'Europe et en Amérique du Sud comme un play-boy avant la lettre, un roi de l'esbrouffe, vivant sur un pied incroyable, se procurant de l'argent par tous les moyens, roulant en Rolls, compromis dans des affaires de collaboration, tripotant dans le théâtre et le cinéma, vendant des mines d'or imaginaires et des puits de pétrole inexistants.

« Là-dessus, il contracte une assurance accident sur la tête d'une maîtresse de rencontre qui meurt quelques jours plus tard dans des circonstances équivoques, et il se dépêche de réclamer l'argent de l'assurance. »

Réponse de René Velcure qui comparaît dans un costume bleu à larges rayures blanches, de grosses lunettes d'écaille devant ses yeux de myope, plus élégant, sympathique et prolixe que jamais :

« Le mot " escroquerie ", dit-il, désigne aussi bien des fautes involontaires, des faiblesses, des bêtises que des malversations ignobles. Or, j'ai été condamné pour escroquerie. C'est vrai, mais par défaut. C'est-à-dire que je n'étais pas là pour me défendre et alors que les juges me croyaient coupable d'assassinat. Il est bien connu qu'on accable toujours ceux qui sont accablés.

« Quant à Blanche, ce n'était pas une maîtresse de rencontre. Je voulais refaire ma vie avec elle, et pour cela j'avais introduit une instance de divorce. C'est dans le même esprit de me construire une nouvelle vie et de mettre mes affaires en ordre que j'ai demandé à mon avoué de me faire présenter les polices de la compagnie d'assurances The Confidence. Je voulais mettre à l'abri tous les êtres qui me sont chers ou qui dépendent de moi. C'est ainsi que j'ai pris le même jour et en même temps une assurance accident sur ma tête et sur celle de ma femme et de mes enfants. Pourquoi ne l'aurais-je pas fait aussi pour Blanche ? Je n'ai d'ailleurs pas fait de fausse déclaration. La police d'assurance accident ne requiert aucune enquête d'ordre moral ou politique concernant la vie privée. Une simple visite médicale est nécessaire, et ça m'a paru logique et suffisant.

« Enfin, s'exclame René Velcure d'une voix de stentor, il est particulièrement injuste de me reprocher d'avoir, aussi rapidement, déclaré le décès de Blanche à la compagnie d'assurances, alors que ce sont les conditions mêmes imposées par la compagnie. La demande de versement de l'indemnité doit être effectuée au plus tard quarante-huit heures après le décès officiel, sinon la demande n'est pas recevable. D'ailleurs, jamais au grand jamais, je n'ai mis les pieds dans les bureaux de cette compagnie d'assurances. J'ai seulement téléphoné à mon avoué, c'est lui qui s'en est occupé. »

Malgré cette plaidoirie, René Velcure s'entend avec stupéfaction condamner à vingt-cinq ans de prison. Il ne lui reste qu'à faire appel. Vilmar, le représentant de la compagnie The Confidence, toujours rondouillard et toujours glacé, esquisse un léger sourire. Les 500 000 francs restent pour le moment dans les coffres de sa compagnie.

Une année encore a passé, lorsque le brillant René Velcure comparaît devant la cour d'appel, malade, amaigri, ses grosses lunettes d'écaille devenues trop grandes pour lui et si faible qu'il faut le porter jusqu'à son box, mais il retrouve ses forces pour s'écrier :

« C'est monstrueux ! Ce n'est pas parce que j'ai eu une vie mouvementée que je ne suis pas un homme comme les autres. J'ai souscrit une assurance comme l'aurait fait n'importe qui. L'accident le plus tragique survient, et l'assurance, profitant de ce que je suis malheureux, acculé, accablé, refuse de payer ! La mauvaise foi des compagnies d'assurances étant systématique, je demande à être jugé sur le fond ; oui ou non ai-je tué ma compagne ?

— Pour ma compagnie, rétorque le petit homme rondouillard et glacé, 500 000 francs ce n'est rien. Vous devez donc admettre que c'est une question de principe. Que de l'argent soit versé à un criminel pour son crime est une injustice que nous refuserons toujours. Je suis donc d'accord moi aussi pour que cet homme soit jugé sur le fond : oui ou non a-t-il tué sa maîtresse ? »

Juger sur le fond, c'est bien ce qui est le plus difficile dans cette affaire. Et le jury grec, estimant qu'il n'a pas de quoi se faire une opinion réellement fondée, acquitte purement et simplement René Velcure.

On pourrait croire que, cette fois-ci, l'affaire est close, mais pas du tout. René Velcure, libéré, est remis aux autorités françaises. Il demande immédiatement à rencontrer Vilmar, le représentant de la compagnie.

Les deux hommes n'ont jamais réussi, jusqu'alors, à se voir seul à seul. Velcure garde sa prestance malgré le costume des prisonniers, et l'insignifiant Vilmar est aussi raide qu'avare de paroles. Velcure attaque le premier :

« J'ai été acquitté. Vous me devez 500 000 francs.

— Vous avez été libéré au bénéfice du doute. Cela ne prouve pas à ma compagnie que vous êtes innocent.

— Au bénéfice du doute ou pas, la justice grecque s'est prononcée.

— Certes. Mais le contrat ne prévoit que la compétence des tribunaux français.

— Vous refusez de payer ?

— Oui.

— Bien. Dans ce cas, j'attaquerai la compagnie d'assurances. Et je gagnerai.

— Dans ce type de contrat d'assurance accident, c'est le bénéficiaire qui doit faire preuve qu'il s'agit d'un accident. Avant de nous attaquer il faut d'abord fournir vos preuves. »

En attendant, René Velcure, qui en France est condamné à cinq ans de prison par la cour d'appel de Paris, passe à nouveau devant ses juges pour demander à être remis en liberté provisoire. Il rappelle d'abord son acquittement par la justice grecque puis s'efforce d'apitoyer les magistrats :

« Ma vieille mère a quatre-vingts ans, elle va mourir et m'attend à son chevet. Je n'ai pas non plus revu mes trois enfants. Je vous demande un geste humain. J'ai fait pas mal de bêtises. Croyez bien que je m'en repens aujourd'hui. D'ailleurs, je ne suis pas l'aventurier que la presse a décrit, et je vous promets de me représenter devant vous. »

Mais, le ministère public ayant déclaré qu'il s'agit de faits graves et que, dans ces conditions, il lui paraît impossible de rendre la liberté au détenu, la cour maintient René Velcure en détention. C'est donc du fond de sa prison qu'il va poursuivre la lutte qui l'oppose au dénommé Vilmar. Celui-ci, absolument convaincu que René Velcure est un assassin, y met un acharnement extraordinaire. La preuve de sa bonne foi est que les frais de procédure et d'enquête doivent sinon dépasser, au moins égaler les 500 000 francs qu'il refuse de payer.

Deux années passent et la Cour de cassation

d'Athènes casse le jugement ayant acquitté René Velcure. La troisième manche est pour Vilmar. Une année encore, et un quatrième procès a lieu. Cette fois, la Cour suprême l'acquitte définitivement.

La quatrième manche est pour René Velcure qui, maintenant sorti des prisons françaises, porte le combat devant les tribunaux parisiens, en l'assortissant d'une demande de dommages et intérêts de 500 000 francs, soit 1 million de nouveaux francs en tout.

Face à Vilmar, l'employé insignifiant, rondouillard et granitique, le voici redevenu très homme d'affaires, avec son costume foncé, ses lunettes distinguées, sa calvitie prononcée, ses mains qui ne cessent de voltiger. Mais son aventure, qui a duré huit ans, l'a laissé nerveux et irritable. Devant le représentant de la compagnie, il allume cigarette sur cigarette et les laisse se consumer au fond du cendrier.

« Pourquoi je vous demande 500 000 francs de plus ? Parce que votre hargne à vouloir prouver ma culpabilité m'a valu huit ans de malheur. Vous qui traduisez le malheur en argent, vous devez comprendre ça. Huit années d'avanies, de tribunaux, d'interrogatoires et de contre-interrogatoires. Près de cinq ans d'emprisonnement dans les geôles grecques, une santé compromise, cinquante-trois jours de séances de tribunal à raison de cinq heures par jour, les meilleurs amis qui vous tournent le dos et refusent de vous serrer la main ! C'est du malheur, mais ça se monnaie dans une compagnie d'assurances. Apprendre en prison que sa mère est à l'article de la mort et ne pouvoir accourir auprès d'elle, ça vaut des sous pour une compagnie d'assurances. Et les séances aux assises où les policiers devaient me porter, car j'étais malade et j'avais maigri de dix-sept kilos ? Je ne pouvais plus me tenir sur mes jambes. Et les lettres, les télégrammes que j'envoyais de la prison à chacun des anniversaires de mes trois enfants et qui me revenaient non ouverts ? Mes cinq années de prison pendant lesquelles, jour après jour, j'attendais la visite d'amis qui, certains de ma culpabilité, ne sont jamais venus ? Et le retour dans mon pays, menottes aux poignets malgré l'acquittement dont m'avait fait bénéficier la cour d'appel d'Athènes. Tout ça, vous croyez que ça ne mérite pas une compensation ? En argent, bien sûr, puisque vous ne connaissez que ça !

« Mais le pire, ce qui m'a fait le plus de tort, c'est la fausse affirmation que vous avez fait courir, soutenant que, sitôt après l'accident, je m'étais précipité chez vous pour toucher la prime. Or, d'une part, vous savez très bien que j'y avais envoyé mon avoué, car j'étais trop affecté pour y aller moi-même. D'autre part, cette démarche n'avait pas pour but de prendre l'argent, mais tout simplement de faire la déclaration d'accident. »

Le petit homme rondouillard regarde René

Velcure de ses yeux bleus, toujours aussi glacés :

« Je l'ai fait parce que je suis sûr que vous avez tué votre maîtresse.

— Et moi je vous dis que je ne l'ai pas tuée.

— Dans ce cas, sitôt l'annonce officielle de votre innocence, nous nous ferons un plaisir de vous payer votre dû. J'attends vos preuves. Mais elles seront difficiles à réunir. »

C'est vrai. Désormais, tout est conditionné par le sens que l'on attribue au mot « accident » : un contrat d'assurances, en cas de décès par accident, couvre le risque « accident », mais non le risque de mort en lui-même. Et il importe au bénéficiaire qui réclame l'indemnité d'apporter la preuve qu'il y a eu effectivement accident. Or, cette preuve est quelquefois difficile à établir.

Ainsi, dans quelles conditions Blanche a-t-elle trouvé la mort ? N'a-t-elle pas été, par exemple, prise d'un malaise avant de tomber à l'eau ? Dans cette hypothèse, il n'y aurait pas accident au sens du contrat, car un accident doit « provenir de l'action soudaine d'une cause extérieure ». Une maladie, une syncope, une lésion sont considérées comme des causes internes et non des accidents. On saisit de la sorte toute la difficulté que rencontre René Velcure... Et la minceur de la garantie « accident » accordée par la compagnie.

Procès. Appel. Cassation. Quatre années

s'écoulent encore. René Velcure est un vieillard lorsqu'il apprend enfin que la cour d'appel de Paris estime que le caractère accidentel des faits est prouvé. Mais Vilmar refuse toujours de payer.

Il faut cette fois mettre la compagnie d'assurances au pied du mur : experts, arbitrages divers, Vilmar prend sa retraite, et le 6 décembre 1972, René Velcure meurt, âgé de soixante-neuf ans. Deux mois plus tard, un jeune homme, par ailleurs sympathique, entre dans le bureau du courtier à Paris de The Confidence. Dehors, les journalistes anglais, grecs et français, suisses et autrichiens sont autorisés à entrer.

Éclairs des flashes. La photo du chèque de 1 million de nouveaux francs que le successeur de Vilmar remet au fils de René Velcure paraîtra dans toute la presse européenne.

C'est du joli travail... « assurément ».

LA DANSEUSE AUX SEINS NUS

GRANDE et fine, Christel jette du haut de ses vingt-cinq ans un regard sur le hall qu'elle traverse à grands pas, car Lino n'est pas là, et elle soupire de soulagement. Lino est un amant italien dont elle ne parvient pas à se débarrasser.

L'ascenseur la dépose au troisième étage.

Christel jette un autre coup d'œil sur le palier et constate que Lino n'est pas là non plus. Après la tragi-comédie d'hier soir, il a dû se décider à retourner dans son pays.

Christel s'engage maintenant dans le couloir qui mène à sa chambre. Elle a les mensurations idéales d'une danseuse professionnelle. Elle a d'ailleurs été danseuse pendant quatre ans, jusqu'en janvier 1970. Puis elle a eu l'idée de danser les seins nus pour se faire de la publicité. Cette initiative a dépassé le but recherché, car elle a provoqué un véritable scandale, qui l'a empêchée de remonter sur la scène d'un music-hall de Cologne.

Au lieu de décrocher un contrat de vedette de cinéma, comme elle l'espérait, Christel s'est retrouvée posant pour des romans-photos à 1 500 francs la semaine. La gloire est encore loin. Les cheveux blonds de Christel tombent en avant, car elle se penche pour chercher sa clef dans son sac. Quatre années ont passé depuis l'épisode de la « danse aux seins nus », et désormais il y a au moins une sex-shop dans chaque petite ville de l'Allemagne de l'Ouest ; toutes les lois sur la pornographie ont été abolies et les derniers tabous sont tombés. C'est pourquoi Christel rentre tôt en cette fin de journée : elle a enfin obtenu un rôle important dans une pièce de théâtre, et c'est ce soir la première.

La clef tourne dans la serrure. Christel se glisse dans son petit appartement de deux pièces et cherche l'interrupteur. Mais elle reste brusquement figée. Quelque chose de froid et de dur s'appuie sur son cou.

« Entre et ferme la porte. »

Christel a l'impression que son cœur cesse de battre. Elle a reconnu la voix de Lino.

« Si tu cries, je te tue. »

Ce n'est pas tellement la menace qui panique la jeune femme. Sa première pensée est pour le théâtre. Il est six heures trente, et le rideau se lève à huit heures. Lino est capable de lui faire rater la chance qu'elle attendait depuis quatre ans.

« Ne me tue pas, Lino. Tu sais bien que je dois aller au théâtre. »

Brutalement, la lumière se fait. Lino vient d'appuyer sur le commutateur, et, s'il n'était pâle et tremblant avec les yeux exorbités, s'il ne tenait pas dans sa main un automatique de calibre 7,65, il ferait plutôt sourire. La belle danseuse le dépasse d'une tête. Il est petit, trapu, sa chevelure noire et frisée s'agite au-dessus d'un costume sombre et d'une chemise dont la blancheur est soulignée par une minuscule cravate rouge de garçon de café.

« Pas de théâtre ! Fini le théâtre ! »

Et il se met à baragouiner dans un allemand à peine compréhensible où, par moments, quelques mots surnagent : « Cette nuit, Italie ! San Remo... mariage... bambini... » Plusieurs fois le mot bambini, autres hommes... Je vais te tuer... Pas de théâtre, etc.

Ce n'est pas la première fois que la jeune femme l'entend prononcer cette litanie aberrante. Ce n'est pas la première fois qu'elle réussit au dernier moment à se débarrasser de cet amant encombrant. Mais c'est la première fois qu'il agite sous son nez un 7,65.

Lorsqu'elle a rencontré Lino, c'était au mois d'août 1975, lors de vacances à Ibiza. Il était garçon de café, il avait vingt-quatre ans et venait de San Remo, en Italie. Mis à part son éblouissante tignasse noire, il se savait insignifiant. Aussi usait-il de méthodes expéditives et peu banales. Il avait d'abord servi la jeune femme, puis s'était dirigé tout droit vers le propriétaire du bar pour lui donner son congé. Après quoi il avait posé son plateau, son torchon, jeté son tablier, enfilé sa veste et, comme un client ordinaire, était venu s'asseoir à la table de la jeune femme. Moins d'une heure plus tard, il l'avait déjà demandée en mariage.

Christel, amusée, avait bien entendu refusé. D'autant plus qu'elle n'en était pas à sa première demande en mariage. Elle ne comptait plus les propositions beaucoup plus alléchantes que celle de ce petit Italien qui lui arrivait au menton et qui, depuis une heure, pardessus le marché, se trouvait au chômage.

Mais Lino avait ignoré son refus. Pendant des jours il s'était entêté, apportant des fleurs et des cadeaux qu'il déposait sur le trottoir devant son hôtel. Pour une jeune Allemande habituée à l'atmosphère très peu sentimentale de l'Allemagne de l'Ouest, c'était beaucoup de romantisme. Refusant toujours le mariage, elle finit par accepter l'amour. Ce n'était pas son premier amant, et elle pensait que cette aventure prendrait fin avec son départ d'Ibiza.

Pour être tranquille, elle partit sans lui donner son adresse. Le jeune homme savait seulement qu'elle habitait Cologne. Et Cologne est une grande ville. Comment un garçon de café italien bredouillant à peine quelques mots d'allemand pourrait-il l'y retrouver ?

Mais à peine avait-elle réintégré son petit appartement de deux pièces, au bord du Rhin, que Lino surgissait dans le couloir : exigeant l'amour, la fidélité, le départ immédiat vers San Remo, le mariage et les bambini, beaucoup de bambini.

La réponse fut « non », toujours « non ». La belle danseuse n'avait pas du tout envie de devenir la mère d'une immense couvée de garçons de café, mi-allemands, mi-italiens, ni à San Remo ni ailleurs.

Comme amant, Lino était supportable, mais comme mari il n'en était pas question. Elle l'avait donc jeté dehors, sans grand-peine puisqu'elle était plus grande que lui et que l'Italien ne voulait pas toucher un seul cheveu blond de sa jolie tête d'Allemande. Il y a de cela trois semaines, et les choses ne se sont pas arrangées puisque Lino vient de pousser Christel dans un fauteuil et que, debout devant elle, il la menace de son 7,65.

Comment a-t-il pu entrer ? Pendant quelques instants, cette idée obsède la jeune femme et ajoute à son affolement. Puis, petit à petit, elle retrouve le sang-froid qui ne fait jamais longtemps défaut aux femmes allemandes. Elle connaît bien Lino. Il est excessif, c'est le moins qu'on puisse dire, mais il ne ferait pas de mal à une mouche. Et puis il ne doit pas savoir se servir d'un revolver. D'ailleurs, est-ce un vrai revolver ? Il s'agit peut-être tout simplement d'un jouet. Christel regarde l'arme brunâtre qui la fixe de son petit œil rond. Si c'est un jouet, il est bien imité. Mais les jouets sont tellement bien faits de nos jours. De toute façon, se dit Christel, un revolver n'est dangereux que si l'on appuie sur la détente. Et à son avis Lino n'appuiera jamais sur la détente.

« Écoute, Lino, sois raisonnable. Tu sais bien que je ne t'épouserai jamais. Je te l'ai dit et redit. Alors tu vas retourner en Italie, et dans deux mois tu m'auras complètement oubliée. »

Lino ne bouge pas d'un centimètre.

« Le mariage, Lino, c'est très bien pour deux êtres qui vont être heureux ensemble. Mais, s'ils ne sont pas sûrs d'être heureux, à quoi ça sert ? »

Lino ne bouge toujours pas. Il boit les paroles de la jeune femme, mais il ne semble pas se calmer. Sa respiration est presque sifflante et ses mains tremblent.

« Très bien, Lino. Tu ne veux pas me comprendre. Puisque tu ne veux pas t'en aller, c'est moi qui vais partir. Je dois être au théâtre dans une demi-heure. Ne t'attends pas à ce que je revienne. Ce soir, j'irai coucher ailleurs. »

Et la jeune femme se lève lentement du fauteuil, remet de l'ordre dans les plis de sa robe et s'avance calmement mais fermement vers la porte. Au moment où ses doigts vont atteindre la poignée, une détonation retentit dans la pièce. Lino a tiré.

Hilda, aussi grassouillette que Christel est mince, jaillit de la baignoire. Elle vient d'entendre un coup de feu dans l'appartement d'à côté, chez son amie Christel, et elle comprend tout de suite. Elle enfile un peignoir, se précipite dans le couloir et frappe à la porte voisine. Au lieu de la voix de Christel, elle entend celle de Lino :

« Allez-vous-en ou je vous tue ! »

Hilda ne se le fait pas dire deux fois. Elle retourne dans son appartement, ferme la porte à clef et décroche le téléphone pour avertir la police.

« Vite ! Je crois qu'on vient de tuer ma voisine. Il y a un Italien complètement fou dans son appartement. Il a menacé de me tuer aussi. »

Dans l'appartement de Christel, la jeune femme, qui n'est pas morte, s'est simplement effondrée sur un divan, car ses genoux tremblent, et ses jambes ne peuvent plus la porter. Elle regarde sa main qu'une balle, tirée avec une adresse étonnante, a frôlée lorsqu'elle a touché la poignée de la porte.

« La prochaine fois que tu touches à cette porte, je te tue », lui a dit Lino d'une voix très ferme.

Cette fois, la jeune femme est convaincue qu'il est capable de la tuer si elle ne part pas avec lui en Italie. Et, comme elle ne voit pas comment il pourrait l'emmener en Italie sans son accord, elle en arrive à la conclusion que, cette fois, sa vie dépend réellement de son consentement. D'ailleurs, Lino dissipe ses dernières hésitations.

« Si je ne peux pas t'avoir à moi, dit-il dans son charabia d'allemand, personne ne t'aura. »

Décidément, il faut accepter. Mais accepter n'est pas suffisant. Il faut que ce soit crédible. Alors, Christel fait semblant de réfléchir.

Pour la police de Cologne, un drame de ce genre ne représente que la routine. Un car bourré de policiers vient de s'arrêter devant la maison sous le commandement du lieutenant Hausknecht, chargé de désarmer l'Italien et de rétablir l'ordre. Le lieutenant s'engouffre dans l'ascenseur. C'est un malabar qui connaît par cœur le code criminel et les règlements de la police. Sans ralentir, il dispose ses hommes dans le couloir et marche jusqu'à la porte où il frappe d'une main ferme.

« Police ! Ouvrez ! »

Mais il fait immédiatement un bond sur le côté. Un, deux et trois petits trous apparaissent dans le bois de la porte, ponctués de trois détonations, et, de l'autre côté du couloir, trois balles font éclater la peinture. Dans l'appartement de Christel, le silence est revenu.

« Bien, dit Christel. J'ai réfléchi. Le canon du revolver s'abaisse un peu. J'ai réfléchi et je veux bien essayer... »

Les yeux noirs de Lino scrutent le visage de la jeune femme, inquiets :

« J'accepte... Je veux bien partir en Italie. »

Manifestement, Lino ne sait plus très bien où il en est, car le canon du revolver s'abaisse tout à fait, et en même temps il dit :

« Tu mens. Et si tu mens, je te tue. »

La situation est décidément sans issue.

Avec le téléphone de la voisine, le lieutenant Hausknecht appelle le quartier général de la police pour demander du renfort.

« Je ne crois pas qu'il ait tué la femme. Mais il en est certainement capable. Il est complètement fou. Dès que j'ai frappé à la porte, il m'a tiré dessus. Plus les minutes passent, plus il perd les pédales. Je crois qu'il faut faire vite, sinon il y aura des morts. Interrogez Interpol. Il est peut-être déjà fiché en Italie. C'est peut-être un malade. Il y a sûrement une manière de le prendre, dépêchez-vous, j'attends. »

Lorsque le lieutenant raccroche, il se tourne vers Hilda, toujours en peignoir :

« Vous connaissez cet homme ?

— Un peu...

— Il a déjà été violent avec votre amie ?

— Oui, avant-hier. Mais jusque-là, au contraire, c'était plutôt le genre d'homme qui ne battrait pas une femme avec une fleur.

— Et elle ?

— Elle ? Elle essayait de le raisonner. C'est une brave fille, vous savez... L'autre jour elle m'a dit : « Ce pauvre garçon est en train de se détruire... » Mais qu'est-ce que vous vouliez qu'elle fasse ?

— Alors, qu'est-ce qui a pu déclencher ça ?

— C'est venu petit à petit je suppose. Depuis trois semaines qu'il est à Cologne, il est fou de jalousie... Christel refuse de le voir, mais il la suit partout. Et elle, à son âge, avec son physique et son métier, elle sort beaucoup. Elle dîne, elle danse. Quelquefois, elle revient chez elle accompagnée. Et lui l'attend dehors toute la nuit.

— Et avant-hier, qu'est-ce qui s'est passé ?

— Avant-hier, au moment où elle sortait d'un restaurant avec un garçon, il s'est littéralement jeté sur elle. Il voulait l'étrangler. Mais le garçon, qui était deux fois grand comme l'Italien, l'a envoyé rouler sur le trottoir. Lino a dû être mortifié. D'autant plus que Christel, furieuse, a dit au garçon qu'elle ne le connaissait pas. Hier, elle avait encore autour du cou les marques de ses mains. Il a serré très fort, vous savez. Je crois qu'il est parfaitement capable de la tuer. »

Dans l'immeuble entier qui grouille de policiers, tout le monde tend l'oreille, car le lieutenant Hausknecht a entrepris de parlementer. Plaqué contre le mur du couloir, à côté de la porte, il appelle :

« Lino ? Lino ?

— Qu'est-ce que vous voulez ?

— Moi, rien. Je voudrais simplement que les choses s'arrangent... Et, pour que les choses s'arrangent, il faut que vous sortiez de là... Qu'est-ce que vous voulez pour sortir de là ?

— Je veux une voiture et un avion pour nous emmener en Italie.

— Bon. Je crois que c'est possible. Mais à condition que vous n'ayez pas blessé Christel.

« Vous comprenez, Lino ? On peut vous fournir une voiture et un avion, mais il faut qu'on soit sûrs que Christel est bien là.

— Bien. Attendez. Je vais la chercher. »

Quelques instants plus tard, on entend la voix de Christel. Elle est assez calme, basse, tout près de la porte :

« Je n'ai rien. Mais je crois qu'il va me tuer si vous ne lui donnez pas une voiture et un avion pour retourner en Italie.

— Et vous êtes d'accord pour partir avec lui ? »

D'une voix très haute, presque en criant, Christel répond :

« Je lui ai dit que j'avais réfléchi et que j'acceptais de partir avec lui... »

Puis elle ajoute d'une voix à peine audible, tout contre la porte :

« Mais je ne veux pas partir. Je vous en prie, ne me laissez pas partir... »

Le lieutenant Hausknecht retourne sur le palier pour discuter avec ses collaborateurs et le psychiatre qui vient de les rejoindre. Le temps passe, et ils ne savent guère quelle conduite adopter. Finalement, ils décident que la seule solution est de laisser Lino partir avec Christel, même s'il l'emmène jusqu'en Italie. On ne les perdra pas de vue, et, Interpol étant prévenu, la police italienne parviendra bien à les séparer. Que diable, il vaut mieux un voyage imprévu en Italie qu'une balle de revolver entre les deux yeux.

La décision étant prise, Hausknecht retourne à la porte pour annoncer à l'Italien qu'il peut sortir. La police joue réellement le jeu : bientôt, une voiture est en bas, tandis qu'une compagnie d'avions-taxis prépare le plan de vol d'un de ses appareils.

Mais Lino ne sort pas encore.

Tous les quarts d'heure, Hausknecht répète à l'Italien :

« La voiture est prête, Lino, et l'avion vous attend. Vous pouvez sortir... »

A chaque fois, Lino répond :

« Vous mentez ! »

Et chaque fois un silence inquiétant s'installe dans l'appartement.

Vers onze heures du soir, les policiers — les uns munis de gilets pare-balles, les autres de grenades lacrymogène — las d'attendre, sont assis sur le palier ou sur les marches de l'escalier. On n'entend que le bruit de l'ascenseur qui monte et descend sans arrêt, apportant les nouvelles et les questions.

« Pour la voiture, qu'est-ce qu'on fait ? Le chauffeur voudrait aller dîner...

— Qu'on fasse venir une autre voiture.

— Et pour l'avion, qu'est-ce qu'on fait ?... L'aéroport est fermé maintenant... »

Tant et si bien que le lieutenant, ses hommes et le psychiatre ne sont plus d'accord. Les uns veulent attendre, le lieutenant et le psychiatre pensent que les choses peuvent mal tourner et qu'il faut intervenir.

Brusquement, un cri strident.

C'est Christel qui appelle au secours.

Le lieutenant se précipite sur la porte qui, malheureusement, ne cède pas au premier choc... En se reculant pour frapper à nouveau, il crie :

« Qu'est-ce qui se passe ?

— On va mourir, dit Christel. On est plein de sang... »

Cette fois, c'est une grappe de trois policiers qui heurte la porte. Il y a trois coups de feu.

Deux des policiers se sont jetés à terre, mais le lieutenant, qui ne peut interrompre son élan, enjambe la porte effondrée et se trouve debout devant Lino qui tient fermement Christel. Il a passé un bras autour de la jeune femme qui est presque complètement nue. A la hauteur de sa gorge, du sang coule entre ses seins et jusque sur son ventre.

« Lâche-la ! » ordonne le policier.

Lino recule jusqu'au canapé en appuyant plus fort le canon de son revolver sur la tête de la jeune femme dont les yeux sont agrandis de frayeur.

Est-ce par calcul, ou parce qu'elle se rend compte que le policier ne peut pas tirer, ou tout simplement par réflexe, Christel se débat brutalement, se tortille et se jette sur le côté.

Pendant une seconde, l'Italien est exposé. Mais une seconde suffit. La balle du lieutenant Hausknecht atteint Lino à la hanche. L'Italien roule par terre et relève son arme vers le policier. Mais celui-ci n'a pas cessé de le viser.

« Ne fais pas ça, dit le lieutenant. Ne fais pas ça... »

Alors, le revolver glisse dans les mains pleines de sang de l'Italien qui se met à pleurer.

Tandis qu'on lui passe les menottes, le médecin examine Christel... La danseuse aux seins nus est complètement hébétée, ruisselante de sang au milieu de tous ces policiers.

« Mais vous n'avez rien ? » dit enfin le docteur.

Non, elle n'a rien. Pas une égratignure. Le sang qui l'inonde est celui de Lino qui, juste avant que les policiers entrent, venait de se trancher les veines.

Remis de ses blessures, il récoltera néanmoins dix ans de prison pour prise d'otage, menaces avec une arme et refus de se rendre.

Christel, après un séjour à l'hôpital pour dépression nerveuse, sera engagée pour jouer son propre rôle.

Il faut croire que le film n'avait pas grand intérêt, car, si l'histoire de la danseuse aux seins nus est venue jusqu'à nous, son film, lui, n'a jamais passé les frontières.

LE TEMPLE DE L'AMOUR

IL existe dans le parc de Louveciennes, aux environs de Paris, un ridicule et charmant monument élevé par la comtesse du Barry — quelques colonnes corinthiennes portant un chapiteau de marbre —, dédié à Vénus. On l'appelle « le temple de l'amour ».

Il y a vingt ans de cela, par une belle soirée de printemps, un homme et une femme s'y sont donné un rendez-vous d'amour, et pourtant l'un des deux allait mourir. Lui ou elle ?

Lui, c'est le tourmenté classique. Un grand garçon de vingt-six ans au front haut et resserré, auréolé d'une calvitie précoce de sa chevelure couleur paille. Des yeux profondément enfoncés, une petite moustache, un visage qui ne manque pas de charme mais ombrageux. Moralement, c'est un timide, un inquiet, pour qui le remords est un exercice habituel. Décorateur de son métier, il voulait être architecte, mais la situation de sa famille l'en a empêché. Il est appliqué et grave dans son travail. Partout où il passe, ce ne sont qu'éloges à son égard. Sentimentalement, il est sérieux. Une seule aventure à vingt ans. Puis le vide. S'il ressent les ardeurs de son âge, il les contient par timidité et aussi parce que l'œuvre de chair laisse après elle le parfum triste de la faute selon lui. Pourtant, il rêve de se marier jeune. Il s'appellera Jean Letang.

Elle, elle a le même âge, vingt-six ans, et le diable au corps. Elle s'appelle Jacky Richardson. C'est une Anglaise. Au physique, on lui donnerait le bon Dieu sans confession : blonde, menue, ravissante, toujours souriante, douce, affable, l'eau qui dort et ne se ride jamais. En réalité, Jacky ne manque pas d'appétit. Et en amour, c'est une gloutonne. La police anglaise fera à son sujet une enquête qui atteindra cent cinquante pages. On y lit clairement qu'il ne faut jamais juger une jeune personne sur sa simple bonne mine. Jacky a, de l'autre côté de la Manche, accumulé les expériences. Mais aucune perversité en elle : c'est dans son tempérament. Elle aime parce que, pense-t-elle, la volupté est la chose la plus normale du monde. Un psychiatre écrira que, des deux, c'est Jacky Richardson qui paraît la plus équilibrée.

Or, au cours de cette rencontre au pied du « temple de l'amour », l'un de ces deux êtres va tuer l'autre. Mais il est sûr que le principal fautif est le destin qui met face à face deux caractères aussi dissemblables : Jacky, la délurée, et Jean, rempli de scrupules. Dans ce couple franco-britannique, c'est le Français qui est le puritain et l'Anglaise la libertine.

Voici l'homme entrant dans le parc de Louveciennes : Jean Letang, sombre, marche à pas lents vers le « temple de l'amour ». Il est employé chez un fabricant de postes de télévision pour lequel il étudie une maquette. C'est là qu'il a rencontré Jacky. Tout de suite, il en est devenu amoureux. Dès le début, cependant, ils sont partis sur un quiproquo. Si Jean aimait Jacky, la beauté blonde, les charmes sucrés de cette fausse adolescente effacée et souriante, qui ne pouvait être qu'une jeune fille sérieuse, c'était pour se marier.

Jacky est nurse, après avoir fait des études d'hôtellerie. Si elle a du goût pour Jean, son dessein était beaucoup moins lointain que le sien. Après une courte période de flirt, elle lui a fait comprendre que, pour elle, l'amour qui ne s'exprime pas avait une saveur incomplète. Elle s'est donc offerte très franchement à lui. Et il aurait fallu qu'il soit un héros pour dire « non ». Il a dit « oui ». Cela se passait il y a près d'un an.

Voici la jeune femme, Jacky Richardson. Elle marche vers le rendez-vous à pas pressés, le visage rayonnant.

Ce sont donc deux amants qui vont se

retrouver au pied du « temple de l'amour ». Malgré les remords de l'homme, après la première nuit d'amour, les deux amants se sont rencontrés dans le parc de Louveciennes, trop souvent au gré de Jean ; pas assez selon Jacky. C'est maintenant Jacky qui songe au mariage. Elle est amoureuse pour la première fois de sa vie. Jean a suivi dans l'autre sens une évolution parallèle.

Après quelques semaines, Jean a déclaré tout net à Jacky que leur histoire était finie. Et, ce soir-là, il s'est affolé des conséquences de sa décision. Jacky, prise d'une crise de nerfs, parlait de se suicider. Dès lors, Jean Letang n'eut de cesse qu'elle ne quitte la France.

Jacky est donc repartie pour l'Angleterre, et Jean lui a écrit régulièrement. La jeune fille, très amoureuse de son amant français, voulait qu'il vienne la rejoindre. Jean promettait mais ne faisait rien, heureux d'être débarrassé de la jeune Anglaise et de ses exigences, contraires à ses principes à lui.

En septembre 1951, Jacky, qui tient trop à Jean pour rester loin de lui, décide de revenir en France. Elle arrive donc à Paris et lui demande de l'épouser. Il refuse mais consent à passer trois jours et trois nuits avec elle. On peut supposer qu'il ne consacra pas ces soixante-douze heures à un discours sur le péché, car à peine Jacky a-t-elle regagné l'Angleterre qu'elle repart à nouveau, plus follement amoureuse que jamais.

Depuis le 27 septembre, elle est en France. Jusqu'à aujourd'hui, 5 octobre, la situation entre les deux amants a été confuse, remplie d'incidents et de rendez-vous manqués. Jean a tenté de faire admettre à Jacky sa volonté de rompre. Mais, hélas ! il est faible. Il ne sait dire ni « oui » ni « non ».

Tout le problème est là. Il faut avoir les moyens de sa politique et la politique de ses moyens. C'est beau d'avoir une morale austère, des principes rigoureux, une haute idée de l'amour, du mariage, de la femme, mais, pour appliquer ces principes, il faut beaucoup de volonté, et Jean Letang n'en a pas.

Pourtant le drame se précise. Les deux silhouettes s'arrêtent à cinquante pas l'une de l'autre, séparées par une pelouse où les feuilles de l'automne commencent à courir : la longue silhouette de l'homme et la petite silhouette blonde de la jeune femme. Elle s'élance, court dans l'herbe et se jette dans les bras de Jean qui pense que, loin d'être un plaisir, l'amour est un bel embarras. Il est sept heures trente, Jean a faim. Jacky aussi. Mais leurs appétits ont des objets différents.

« Allons manger ! propose Jean.

— Non », dit Jacky.

Et elle tire son amant par la main vers le « temple de l'amour » dont les colonnes sont roses comme des jeunes filles dans le soleil d'automne. Ils font quelques pas vers le petit monument, en silence, sinon le craquement des feuilles mortes.

« Allons dîner ! » suggère encore Jean Letang.

Cette fois, Jacky s'énerve : elle n'a pas fait 400 kilomètres pour s'entendre proposer les plaisirs de la table. Elle se rapproche de son amant, tente une caresse. Jean se dégage et répète :

« Allons dîner d'abord. J'ai faim ! »

Alors Jacky se fâche, on entend le bruit d'une gifle, et l'amant trop indolent, effaré, porte la main à son visage en regardant la jeune femme s'enfuir en pleurant.

C'est au mois de novembre que le bureau d'Interpol à Paris reçoit une demande de recherche émanant de Londres : Jacky Richardson, vingt-six ans, nurse, demeurant à Glasgow, a disparu. Il semble qu'elle n'ait pas regagné l'Angleterre qu'elle a quittée le 27 septembre. Interpol enquête, retrouve l'hôtel du Quartier latin où elle était descendue, reconstitue petit à petit son emploi du temps et retrouve même son amant. L'enquêteur note qu'il s'agit d'un grand garçon au front haut et étroit dont le visage mince, les yeux enfoncés derrière des lunettes et les lèvres peu visibles, surmontées d'une légère moustache fadasse, proclament le manque d'imagination. Il est vêtu d'une veste de velours lorsque l'enquêteur d'Interpol le rencontre dans la petite fabrique de télévisions où il travaille.

« Je n'ai pas de nouvelles de Jacky depuis le 5 octobre, dit-il.

— Où l'avez-vous vue pour la dernière fois ?

— Dans le parc de Louveciennes.

— En quelle occasion ?

— Nous venions de rompre.

— Vous n'avez pas cherché à la revoir ?

— Non. C'est moi qui ai rompu. »

L'homme d'Interpol poursuit son enquête et apprend, de l'avis unanime, que Jean Letang est un jeune homme sans reproche, sérieux, travailleur, bourré de qualités, qui poursuit seul les études que le manque de fortune lui a fait interrompre. On peut difficilement le soupçonner d'un assassinat.

D'autre part, la jeune Jacky Richardson — comme l'enquête menée en Angleterre le démontre — n'avait pas froid aux yeux. Elle peut fort bien avoir vécu ailleurs et avec un autre une aventure dangereuse.

Après plusieurs semaines, l'enquête est donc provisoirement mise en veilleuse.

Deux ans plus tard, des bûcherons — travaillant dans le parc de Louveciennes, tout près du « temple de l'amour » — s'avisent que la terre semble avoir été remuée dans les broussailles, formant un rectangle de la dimension d'un corps : « On dirait une tombe... dit l'un d'eux. » Par curiosité, ils creusent et découvrent le cadavre de Jacky Richardson.

Cette fois, il ne faut pas longtemps à la

police pour obtenir les aveux de Jean Letang. Et, au mois de février 1955, le bon jeune homme se retrouve devant la cour d'assises de Versailles. Versailles, la ville puritaine, réputée pour être la ville française où les jugements sont les plus sévères. Comment va-t-elle juger ce grand garçon qui apparaît dans le box des accusés aussi maladroit et gauche qu'il devait l'être dans la vie ?

Le président Berry, dès le début de l'interrogatoire, lui demande s'il a ou non une déclaration préalable à faire. Gêné, hésitant, timide, Jean Letang répond : « Non. » Il a l'air terrorisé et se tient presque au garde-à-vous.

Après avoir raconté la première rencontre entre Jacky et Jean, telle qu'elle ressort des déclarations de l'accusé, le président résume :

« En somme, dès cette rencontre, si je comprends bien, Jacky Richardson savait ce qu'elle voulait, et vous vous trouviez dans la situation du garçon que l'on veut prendre de force et qui oppose à cette offensive une résistance farouche ? »

Le public rit. Jean Letang a un mouvement de tête qui peut passer pour un acquiescement.

« Vous aviez envisagé de l'épouser, poursuit le président. Mais elle se serait offerte à vous, ce qui vous aurait tellement choqué que vous auriez écarté toute idée de mariage.

— C'est exact.

— Quand est-elle devenue votre maîtresse ?

— Il y avait plusieurs semaines que je la fréquentais, et puis... un soir, au moment de nous séparer, elle m'a fait comprendre qu'elle était à moi si je voulais.

— Et qu'avez-vous ressenti ?

— Cela m'a étonné. Cette jeune fille me paraissait réservée. Or, elle se donnait au premier venu.

— Pour elle, vous n'étiez peut-être pas le premier venu ? »

Jean Letang fait un geste pour signifier que, « premier venu ou pas », il avait été profondément choqué. Et il ajoute :

« Cette jeune fille ne pouvait plus être la mère de mes enfants.

— C'est une morale ambitieuse, remarque le président, qui demande une grande force de caractère. Et il ne semble pas que vous l'ayez eue, puisque, si vous n'avez pas voulu devenir son mari, vous n'avez pas hésité, semble-t-il, à devenir son amant.

— C'est vrai.

— Donc, une semaine plus tard, vous devenez l'amant de la victime. Et vous refusez de devenir plus. Je regrette, mais je voudrais que vous m'expliquiez pourquoi ?

— Jacky voulait être ma femme pour que je sois à sa disposition.

— La formule est pudique... (Et le président ne peut s'empêcher de sourire.) ... Vous voulez dire qu'elle voulait un homme à sa disposition ?

— Oui.

— Mais cet homme, c'était vous, et c'est une condition qui fait partie de la vie d'un couple marié. Si vous l'excluez, le mariage devient une péripétie bien stricte et bien étroite !

— Je ne l'exclus pas, mais, pour moi, le mariage, ça ne peut pas être que ces gestes de bêtes. »

Les jurés, même versaillais, restent interdits devant ce garçon de vingt-huit ans, d'apparence robuste, qui va à l'extrême de la vertu, qui a le souci mal compris de la chasteté et une certaine lâcheté devant la vie et les conséquences de ses propres actes. Chacun l'écoute avec, malgré tout, une certaine gêne.

« Je ne pouvais pas, ajoute-t-il. Je ne pouvais pas épouser une fille comme elle, qui ne pensait qu'à ça ! D'autres s'en seraient contentés. Moi pas. »

Réflexion louable si Jean Letang avait eu le courage d'aller jusqu'au bout de son sentiment, s'il avait fait comprendre à Jacky, en termes sans réplique, que c'en était fini. Or, qu'a-t-il fait ?

A cette jeune femme, sur laquelle on a tout dit — sensualité exacerbée, appétit jamais assouvi —, il n'osa jamais se refuser. Et, si le fantôme léger de la petite Anglaise n'errait pas dans le palais de justice de Versailles, le récit des derniers jours de leur liaison ferait plutôt sourire le public...

Chaque soir, Jean Letang se laissait entraîner jusqu'à l'hôtel par l'ardente Jacky. Il refusait d'entrer, puis acceptait finalement en rougissant. Le lendemain il repartait honteux de lui-même, et le soir tout recommençait.

« Mais enfin, s'exclame le président, c'était agréable ou c'était pénible ?

— Je cédais à ses caprices.

— Pourquoi ne refusiez-vous pas ? Elle ne pouvait pas vous obliger tout de même ? »

Si. Selon Jean, la douce Jacky serait devenue, devant ses refus, une véritable furie. Elle l'aurait giflé à plusieurs reprises, lui faisant des scènes jusque dans la rue. C'est au cours d'une de ces scènes qu'elle aurait tenté de se suicider. Bref, il en avait assez.

« Vous auriez peut-être dû en parler à vos parents ?

— J'avais peur de leur faire de la peine. Ils m'ont élevé très sévèrement, et je n'osais pas leur dire que j'avais une maîtresse qui n'était pas digne d'être épousée. »

Plus tard, au cours du procès, l'avocat expliquera son client d'une phrase :

« Les parents de Jean Letang lui avaient imposé des devoirs mais sans lui inspirer la moindre confiance. L'élevant strictement, ils en avaient fait un garçon sérieux, honnête, scrupuleux, mais sans développer en lui ce sens de la tendresse humaine qui aurait permis cette confidence.

— Mais, reprend le président, lorsque, par deux fois, elle est revenue d'Angleterre exprès pour vous voir, pour vous demander de l'épouser, lorsqu'elle a dit vous aimer, affirmé qu'elle avait changé, vous n'avez pas pensé que sa sincérité rachetait bien des choses ? Que, peut-être, il fallait revoir l'image que vous aviez d'elle et modifier votre comportement ? »

Alors, Jean Letang a une petite phrase qui résume toute l'affaire. Il dit :

« Il était trop tard. »

Il était trop tard, dit-il, car, pour les gens sans imagination, les « autres », ceux qui nous entourent, ne changent pas. En réalité, c'est l'image qu'ils ont des « autres » qui ne change pas. Et cette image ne change pas parce que la changer serait la renouveler, et que pour la renouveler il faut de l'imagination. Ce sont donc les gens sans imagination qui ne changent pas. Probablement, Jacky avait-elle changé, mais Jean Letang, lui, était resté rigoureusement le même.

Selon lui, lorsqu'ils se sont retrouvés dans le parc de Louveciennes devant « le temple de l'amour », Jacky a voulu encore une fois se donner à lui, bien que l'expression contraire soit plus exacte. Mais lui voulait dîner, et ils ont si bien insisté l'un et l'autre qu'elle a fini par le gifler. C'est cette gifle qui a déclenché le drame.

Tandis qu'elle s'enfuit vers le « temple de l'amour » et qu'il se frotte la joue, il remonte en lui une énorme rancune jusque-là étouffée. Une colère affreuse l'envahit. Il court après elle et la rejoint.

« Je ne voulais que lui donner une bonne correction, explique Jean Letang. J'en avais assez... Je voulais lui faire comprendre que l'on peut être une poire un temps mais pas tout le temps ! »

Et, pour lui faire comprendre cela, il la saisit par le col de sa robe, puis par l'épaule. Dans la lutte, Jacky trébuche et tombe, sa tête heurte la base d'une des colonnes du « temple de l'amour ». Perdant son sang, elle se met à crier. Alors Jean, pour faire cesser ce cri et craignant qu'il n'attire l'attention, pose une main sur sa bouche et l'autre à sa gorge. Il serre, et bientôt Jacky ne bouge plus.

Ne sachant que faire du corps, il pense l'enterrer sur place. Puis il renonce à cette tâche. Il n'en a pas le courage. Il abandonne le cadavre, emportant seulement le sac et les souliers qu'il jettera dans un égout. Puis il se rend à Paris, règle l'hôtel de Jacky, prend ses valises et va les déposer à la gare Saint-Lazare. Il écrit dans son agenda : « Jacky est partie. » Comme un alibi, ou une certitude.

Le lendemain, il revient à Louveciennes, creuse une fosse et y traîne le corps de Jacky. Ce n'est que le surlendemain qu'il achèvera sa besogne, comblant la fosse et répandant à la surface du sol des feuilles mortes et des brindilles de lierre. Jamais assassin n'aura été plus tranquille pour faire disparaître sa victime.

Pendant deux ans, il vivra parfaitement, car le péché a disparu et il est heureux. L'avocat général y voit la preuve d'un égoïsme sordide qui a cherché surtout à se débarrasser du mariage. Et le psychiatre compare le comportement de Jean Letang à celui d'une femme infanticide.

« Comme elle, dit-il, il a eu honte d'amener chez ses parents un être qui représentait le péché. Il s'en est débarrassé. »

Et pour cela, le bon garçon sans imagination, sans bonté, sans tendresse et sans amour ne paiera que de sept ans de réclusion criminelle. Un bon prix pour un si vilain péché.

DRÔLE D'ENQUÊTE SUR UNE DRÔLE DE GUERRE

M. FOCK est un Anglais habitant un petit pavillon anglais entouré d'un jardin anglais. Depuis bien des années, M. Fock accomplit chaque jour le même chemin, qui mène de son pavillon à l'école où il est instituteur.

Ces dernières années, sa vie d'instituteur n'a pas été drôle. Il s'agissait d'apprendre à une quarantaine de gamins affamés les joies de la culture. Alors que les bombes pleuvaient sur Londres, que les rations diminuaient comme peau de chagrin et que l'histoire était dans la rue beaucoup plus que dans les livres.

M. Fock a fait ce qu'il a pu. Sa grande ressource était de donner en exemple à ses mauvais sujets l'extraordinaire courage des aviateurs anglais. Ces pilotes que rien n'arrêtait, ces fous héroïques, dans leurs drôles de machines, que l'ennemi allemand craignait comme le diable.

M. Fock, en parlant d'eux avec émotion, parlait de son propre fils, Christopher, vingt-huit ans, pilote remarquable, son héros à lui. Mais aujourd'hui, 26 janvier 1945, M. Fock a la gorge serrée. Un message est arrivé du ministère de la Guerre au petit pavillon familial.

« Christopher Fock, porté disparu au cours d'un raid sur le territoire allemand. »

Porté disparu. Tout le monde sait ce que cela veut dire. Pourquoi ne pas dire mort. Mort dans un avion en flammes, mort dans une explosion, mort écrasé à l'atterrissage, mort mitraillé par les canons allemands.

Christopher mort ? M. Fock ne peut pas y croire. Son fils, son héros personnel, avait trop de chance, trop d'habileté, trop d'astuce ! Christopher était un gagnant. Et, même s'il avait dû mourir dans cette guerre, il l'aurait fait de manière éclatante, visible. Porté disparu, ça n'existe pas.

Et M. Fock, pour cacher sa peine, pour refuser d'y croire, va se donner un but. Ce but va devenir une idée fixe. Reconstituer la dernière mission de son fils, minute par minute s'il le faut. C'est la seule manière qu'il a trouvée qu'un Christopher Fock ne peut pas être porté disparu. Et que s'il est mort il n'est pas mort tout seul, mais que quelqu'un l'a tué.

Étrange idée, étrange instinct, étrange soupçon. En temps de guerre, personne ne cherche à savoir qui tient le fusil. La guerre est un crime collectif, organisé, et qui assure l'impunité dans une large mesure.

Au ministère de la Guerre, on a d'autres chats à fouetter. On le dit carrément à M. Fock. Ce petit instituteur a des idées de vengeance suspectes.

Mais M. Fock comprend. Il dit : « J'attendrai la fin de la guerre, mais je saurai. A bientôt, messieurs... »

Janvier 46. M. Fock se présente au ministère de la Guerre après l'école, car M. Fock est très respectueux de la discipline. Et il demande à voir un responsable. Le responsable observe ce petit homme en chapeau melon et pardessus noir.

« Vous désirez ?

— Mon fils a été porté disparu en janvier 1945. Je voudrais savoir où.

— Mais monsieur, s'il a été porté disparu, c'est que personne ne sait où, justement !

— C'est exact, mais je désirerais savoir à partir de quand il a été porté disparu. Il était pilote, il était en mission au-dessus de l'Allemagne. Alors, je voudrais savoir au-dessus de quoi il volait et quel jour c'était. C'est possible ?

— C'est possible en effet, monsieur. Mais je crains que cela ne nous avance guère. Le nombre de nos pilotes disparus, malheureusement...

— Je comprends. Mais ne craignez rien, je ne vous demanderai rien de plus, je mènerai mon enquête tout seul. »

Et M. Fock remplit une demande en bonne et due forme, réclamant respectueusement de pouvoir prendre connaissance, aux archives, du dossier de l'escadrille de son fils.

Un mois passe, et une lettre arrive chez M. Fock, l'informant que l'avion piloté par son fils survolait, le 19 janvier 1945, un territoire d'environ 100 kilomètres, au nord de Berlin, situé entre telle et telle ville au nom imprononçable pour un Anglais. C'est tout.

Alors, M. Fock va chercher dans le placard de la salle de classe la grande carte d'Allemagne. Celle qui lui servait à instruire ses galopins sur l'avancée des troupes alliées en Europe. Et M. Fock plante des petits drapeaux sur un rayon de 100 kilomètres. Quarante-deux localités allemandes.

Cela fait un chemin sinueux, une sorte de labyrinthe mystérieux. Il y a là, M. Fock l'imagine, des forêts, des rivières, des plaines et des villes en ruine.

Mais il ne se décourage pas. Il prend son stylo et reproduit en quarante-deux exemplaires la même lettre à destination de quarante-deux villes différentes.

« Monsieur le Bourgmestre,

« Le 19 janvier 1945, mon fils, pilote britannique engagé volontaire, a disparu avec son avion, un WELLINGTON, dans une zone où figure le nom de votre localité. Je vous supplie de me donner tous renseignements qui pourraient correspondre à cette disparition. Je joints à ma lettre une photographie de mon fils CHRISTOPHER FOCK, prise au moment de son engagement, que je complète par une description :

« Taille 1,78 mètre, cheveux roux foncé. Yeux marron clair. Mon fils portait toujours autour du cou une médaille d'or, où figurait sa date de naissance. Je ne peux donner aucun détail sur son habillement, mis à part le blouson de cuir qu'il portait, orné au revers gauche de l'insigne de son escadrille : une tête de renard. Mon fils n'était pas seul. Il était accompagné du mécanicien FOSTER et du commandant HOXLEY.

« Je vous supplie de me signaler tout accident survenu dans votre région à propos d'un bombardier WELLINGTON, avec trois hommes à bord. Signé JEREMY FOCK. »

Quarante-deux fois la même demande, sur du papier blanc, d'une écriture appliquée, avec les noms en majuscules. Quarante-deux bouteilles jetées dans l'océan du désastre allemand. Et des semaines d'espoir.

Février 1946 : quatorze réponses négatives. Mars 1946 : vingt-cinq réponses négatives. Avril 1946 : une lettre. « La » lettre. Signée d'une femme, fonctionnaire à la mairie d'une petite localité de campagne.

« Monsieur FOCK,

« Nous ne savons pas, ici, dans quelle mesure il pourrait s'agir de votre fils et de ses deux compagnons, mais il y a eu au mois de janvier 1945 un incident bizarre. Trois Anglais se sont présentés dans une maison située à la sortie de la ville, chez un cultivateur. Ils avaient été obligés d'atterrir non loin de là, et leur avion était inutilisable. Les trois hommes ont demandé à rencontrer l'autorité militaire allemande, pour se constituer prisonniers. L'un d'eux était blessé, le plus âgé, et un autre avait subi un choc assez grave. Notre concitoyen a prévenu la Kommandantur, et les trois hommes ont été faits prisonniers dans un bureau. Ils sont morts le lendemain dans des conditions que nous connaissons mal. L'un a été écrasé par une voiture, l'autre a été abattu alors qu'il tentait de s'enfuir, nous ne savons rien du troisième.

« Tout ce que nous pouvons dire, c'est que l'un des trois aviateurs avait les cheveux roux et pourrait correspondre à la description de votre fils. Nous ne pouvons pas en dire plus, car nous ne savons pas où ils ont été enterrés, et les officiers qui commandaient notre village ont été faits prisonniers eux-mêmes. Avec nos excuses et nos salutations. »

M. Fock a froid partout. Il a trouvé. Il en était sûr. C'est là que son fils est mort. Et il n'est pas mort comme on meurt à la guerre. Que viendrait faire un « accident d'auto » en pleine guerre ! Alors, M. Fock s'en va tout bonnement à la police cette fois-ci. Tout droit à Scotland Yard. Et il raconte son histoire à un inspecteur médusé.

« J'estime que mon fils a été sûrement victime d'un meurtre et non d'un fait de guerre. Je désire porter plainte contre X. »

L'inspecteur n'ose pas dire à ce pauvre homme qu'une plainte de ce genre est complètement folle, irrecevable, et que la police de Londres n'est pas chargée des crimes de guerre. Mais le petit instituteur a l'air tellement digne. Sa peine est si grande, son indignation tellement compréhensible... Alors, l'inspecteur dit :

« Monsieur, vos soupçons ne sont pas assez étayés. Soyez sûr de l'identité de ces trois hommes d'abord, et donnez-nous les circonstances exactes de leur mort. Il faut savoir s'il s'agit bien d'un crime de droit commun. »

Alors, M. Fock prend sa valise, le train, le bateau et encore le train. Il traverse les décombres de l'Europe jusqu'au petit village allemand. Et pendant ce temps, par prudence, Londres prévient Interpol. Car on ne sait jamais jusqu'où peut aller le besoin de justice d'un petit instituteur anglais.

M. Fock a soixante-trois ans et quarante ans de carrière dans l'éducation. Mais il ne parle pas un mot d'allemand. Pour son enquête, c'est dur. Le village où il débarque est assez laid. Il fait froid, et à la mairie on le regarde de travers. Il réussit toutefois à se faire indiquer la maison du cultivateur qui a reçu en premier la visite des trois Anglais en janvier 45. C'est-à-dire un an et trois mois plus tôt.

Et là, le Ciel est avec lui. Le cultivateur, un homme très âgé, s'il n'a pas fait la dernière guerre, il a fait la précédente. Celle de 14-18. Il baragouine quelques mots de français, et M. Fock aussi. M. Fock lui montre la photo de son fils. Un beau portrait agrandi, où Christopher sourit de toutes ses dents.

Et le vieux hoche la tête. C'est lui. C'est le pilote qu'il a vu. Son visage était sale, ses vêtements déchirés. Il soutenait son camarade blessé à la jambe et à la tête. Le troisième avait l'air malade et s'est évanoui là, sur cette chaise... Le pilote voulait voir les militaires. Il disait : « prisonnier » en montrant ses deux poignets. Le vieux a compris, il a envoyé un des gosses chercher le commandant du village. Une voiture est venue. On a emmené les Anglais. Il n'en sait pas plus.

Il ne veut pas en dire plus. Et il semble à la fois apeuré et peiné. A force de questions, toutefois, le vieux finit par prendre la main de M. Fock, en lui disant :

« Je vous conduis. Un homme sait, il parle mieux que moi. »

En fin de journée, le 16 avril 1946, M. Fock se retrouve dans une petite maison du village. Celle du pharmacien. C'est un Allemand d'une cinquantaine d'années. Il n'a pas fait cette guerre. Un accident l'ayant privé d'une jambe il y a bien longtemps, il est resté dans son officine. Il parle l'anglais avec un lourd accent rhénan.

M. Fock, la gorge serrée, raconte son histoire.

« Monsieur, je suis sûr que mon fils a été assassiné. Vous n'avez pas le droit de garder ça pour vous. Je veux savoir. Et je veux la justice. Aidez-moi s'il vous plaît. C'était mon fils unique. Sa mère est morte en le mettant au monde. Je n'ai plus rien. Je serais heureux s'il était mort au combat. Mais on l'a tué, c'est un crime, je l'ai toujours senti. Et, si je n'arrive pas à faire rendre la justice, il sera vraiment mort pour rien. Je ne peux pas le supporter. »

M. le pharmacien Keinë réfléchit. Puis il ferme sa boutique et raconte, dans la pénombre, une journée d'épouvante.

Au village, il n'y avait pas de véritable commandement militaire. Il y avait un officier, une espèce de demi-fou, qui avait établi son quartier général à l'auberge. Il se disait S.S. Mais, s'il en avait le comportement, il n'en avait pas l'uniforme ni les insignes. Un jour de 1944, on l'avait vu arriver avec un petit détachement chargé d'assurer les réquisitions et le ravitaillement pour un corps d'armée situé plus au sud. Son travail était essentiellement administratif, mais il se promenait dans le village d'un air martial, l'arme à la ceinture, comme s'il traversait en permanence une zone dangereuse. Ce qui n'était pas le cas.

Ce fut un grand jour quand on vint le prévenir que trois aviateurs anglais, dont deux blessés, se constituaient prisonniers.

Le pharmacien, M. Keinë, a honte de raconter la suite.

Il est allé les chercher avec sa voiture et son chauffeur. Il les a ramenés à l'auberge, et il a fait appeler le médecin. Le médecin, M. Keinë le connaît bien. Un sadique. A tel point que les gens du village viennent consulter à la pharmacie plutôt que d'aller chez lui. Et cela n'a rien à voir avec la guerre. Tout le monde le sait depuis bien longtemps...

Ce soir-là, 19 janvier 1945, il y avait donc à l'auberge cet officier à moitié fou, son chauffeur, qui lui servait d'ordonnance et de bonne à tout faire, et le médecin sadique. Ils ont installé le blessé dans une chambre, c'était Hoxley, le commandant de bord, et ils ont interrogé les deux autres, le mécanicien Foster et le pilote.

Le lendemain matin, ce fut la tragédie. On a vu courir dans le village le pilote et le mécanicien. Ils tentaient de s'échapper. Ils avaient sûrement compris qu'ils n'avaient pas affaire à des militaires responsables. Et Dieu sait ce qu'ils avaient subi pendant toute la nuit. L'officier s'est mis à courir derrière le pilote, tandis que le chauffeur prenait la voiture et poursuivait le mécanicien.

Au coin de la boulangerie, l'officier a tiré, et le pilote est tombé. Trois balles l'avaient atteint dans le dos. A l'autre bout de la place, la voiture a écrasé le mécanicien qui courait pour traverser la rue. Ils ont ramassé les deux corps, et on ne sait pas ce qu'ils en ont fait. Quant au commandant de bord, il était mort à l'auberge. Une fille de cuisine m'a dit que le « docteur » lui avait fait une piqûre.

M. Fock a fini d'écouter le pharmacien, en silence. Puis il demande :

« C'est un assassinat, n'est-ce pas ?

— Oui, monsieur.

— Et vous n'avez rien dit à la police ?

— Personne n'est venu enquêter. Nous avions peur. C'était la guerre.

— Mais la guerre n'a rien à voir là-dedans !

— Je sais.

— Que sont devenus ces hommes ?

— Le médecin est toujours là. L'officier et son ordonnance ont été faits prisonniers par les Américains. On ne sait pas ce qu'ils sont devenus, ils n'étaient pas du village... »

M. Fock a marqué les noms sur un petit carnet : Her Doctor FREDERIC HOPPENHEIM. Sergent KLAUSS UTE. Soldat ERNST WISERER...

M. Fock est passé devant la petite auberge. Il est entré, on lui a servi une bière qu'il a payée. Ensuite, il a traversé la place, il est allé au coin de la boulangerie. Il a fait un croquis des lieux sur son petit carnet. Enfin, il a descendu la rue principale et s'est arrêté devant une maison bourgeoise. Il faisait nuit, et il a dû craquer une allumette pour regarder la plaque de cuivre. Il y avait de la lumière derrière les volets du docteur.

M. Fock est reparti en louant un taxi au village. Il a repris le train, retraversé la Manche, et il est allé remettre son rapport d'enquête à Scotland Yard.

Interpol a pris la suite. Quelques mois ont passé. Et M. Fock a été convoqué au Yard en octobre 1946.

Le médecin était arrêté, mis à la disposition de la justice britannique. L'officier attendait d'être extradé par les autorités militaires américaines. Quant au chauffeur, il avait été abattu par ses compatriotes pendant la déroute allemande.

L'inspecteur du Yard a dit à M. Fock :

« Le procès aura lieu dans deux mois. Je suppose que vous désirez y assister et vous porter partie civile ? Ils ont avoué, ce sera simple. »

Et M. Fock a répondu :

« Non, monsieur. Merci. Merci bien. Au revoir, monsieur. Je n'irai pas. Je n'aurai pas le temps, c'est la rentrée des classes. »

Mais M. Fock n'a pas dit qu'il avait pris sa retraite. Sa retraite de tout.

UNE BALLE DE TROP

IL est vingt-trois heures, le reflet rouge du feu de croisement qui se reflétait dans une vitre passe au clignotant orange. Deux femmes, l'une d'âge mûr, l'autre plus jeune, sont assises dans le salon d'un merveilleux cottage anglais en cette nuit du mois d'août 1956.

« Le voilà... Il arrive. Je m'en vais, Janet », dit la plus jeune en se levant précipitamment.

Elle vient d'entendre, par toutes les baies ouvertes sur cette chaude obscurité, les pneus de la Bentley sur le gravier. Des phares, un instant, ont balayé l'immense pelouse. Elle ramasse son sac et disparaît sans un mot.

L'autre, les yeux fixes, se lève lentement. C'est une brune d'environ quarante ans, belle d'un reste de beauté. Les traits ne sont plus très séduisants, seul reste éblouissant le contraste de ses cheveux noirs et de ses yeux verts. Sans que ce regard vert ne quitte la porte, elle marche vers un petit secrétaire, ouvre un tiroir, y fouille sans jeter les yeux, en sort un énorme pistolet et tire, sans viser, dès que l'homme entre. Elle a tiré n'importe comment : quatre détonations énormes qui font à chaque fois sauter dans sa main l'acier fumant. A chaque fois, Janet a l'impression que son crâne va éclater. Enfin, une cinquième détonation tonne, plus rageuse cette fois, et elle demeure immobile, comme assourdie. Elle regarde son ami avec étonnement.

« Ne fais pas de bêtise, chérie, dit l'homme qui vient d'entrer. Tu vois, tu m'as touché. »

L'homme est beau, distingué à souhait, vêtu avec cette élégance désinvolte qui caractérise la gentry britannique. Il parle d'une voix voilée, tout près de l'oreille de Janet, car il s'est approché d'elle.

Mis à part cette voix charmeuse et l'odeur de la poudre, on ne remarquerait rien de spécial dans cette pièce chaude et discrètement éclairée. Lord Aldous regarde, étonné, sa main qui saigne.

« Quelle maladresse, répète-t-il. Heureusement, tu ne sais pas te servir de ce genre d'appareil. Ça fait terriblement mal ! »

En quelques pas titubants, il s'approche d'un fauteuil près de la bibliothèque et s'y assoit avec précaution. Il soulève un bras raide pour tenir à distance sa main blessée, afin que le sang ne dégouline pas sur son complet ni sur le tissu de soie du fauteuil.

« Ne reste pas plantée là. Rends-toi utile.

Apporte-moi donc une serviette, s'il te plaît. »

La voix de Lord Aldous, à présent, est irritée. Il dévisage la femme qui n'a pas bougé d'un centimètre, désemparée, les bras ballants, l'énorme pistolet à la main.

« Écoute. Débarrasse-toi de cet engin stupide ! A moins que tu veuilles m'envoyer une autre balle... S'il en reste ! »

Mais, petit à petit, il se rend compte du comique de la situation et demande d'un ton moqueur :

« Dis-moi donc, chérie, qu'est-ce qui s'est passé ? Sur qui voulais-tu tirer ? »

Janet a les yeux pleins de larmes. Mais, au comble du désarroi, elle ne se rend pas exactement compte du motif de ses larmes. Est-ce la colère ? le désespoir ? la honte ? ou tout simplement la joie parce que l'homme qu'elle aime n'est pas mort et qu'elle peut encore entendre sa voix. Elle le regarde, le voit légèrement penché en avant dans son fauteuil, tenant d'un air dégoûté sa main gluante et attendant avec curiosité sa réponse.

« Sur qui voulais-tu tirer ? »

Le ronflement d'une voiture toute proche sur la route se fait entendre. La douce lumière des appliques estompe les rides sur le visage de cet homme qui, décidément, ne vieillit pas. C'est une chose agaçante chez lui. Il ne vieillit pas, comme s'il portait un masque indéchiffrable, infroissable, incassable... sauf en le faisant éclater peut-être ! Et Janet sent le poids de l'énorme pistolet dans sa main.

« Tu sais, tu aurais pu faire du grabuge, remarque Lord Aldous d'une voix redevenue douce. Si douce qu'elle en est presque horripilante. Je ne savais pas que tu t'amusais la nuit à faire des exercices de tir.

— Ce n'était pas un exercice, dit enfin Janet sans lâcher son arme, tout en sachant qu'elle ne s'en servira pas une seconde fois.

— Ah ? dit Lord Aldous, ébahi. Alors c'est raté ! En attendant la prochaine fois, tu devrais me bander la main. La douleur est insupportable. »

Janet s'est ressaisie. Elle se précipite dans la salle de bain pour en rapporter toutes sortes de médicaments et des rouleaux de gaze. Puis elle allume, comme si un grand éclairage pouvait chasser toutes les pensées noires. Maintenant, elle se penche sur sa main.

« Ce n'est qu'une éraflure, dit-elle. Quelle chance, n'est-ce pas ? »

Lord Aldous l'observe, les yeux mi-clos, et murmure :

« Tout à l'heure, tu voulais me tuer, tu ne sais pas ce que tu veux. »

Tout à coup, Janet aperçoit une grosse tache sombre devant, sur le veston.

« Mon Dieu ! dit-elle, abasourdie. Qu'est-ce que c'est que ça ? »

Lord Aldous passe sa main indemne sous son gilet et la retire barbouillée de sang.

« La dernière balle, chérie. Tu as tout de même bien visé. »

Les yeux de Janet se sont à nouveau remplis de larmes mais, cette fois, de désespoir.

« Je voulais te...

— Tu voulais me tuer.

— Oui... et puis après je voulais me...

— Te suicider, mais, comme tu n'as fait ni l'un ni l'autre, maintenant tu devrais téléphoner. Il faut un bon moment pour que l'ambulance arrive jusqu'ici. »

Lord Aldous ferme les yeux et entend Janet s'expliquer au téléphone. Elle doit s'y reprendre à trois fois pour se faire comprendre :

« Chez Lord David Antony Aldous à... Sigrimes Cottage... C'est très urgent... Comment ? Non pas malade... »

Lord Aldous se demande ce qu'elle va expliquer à l'ambulance.

« Il s'agit d'une plaie qui saigne très fort... Non pas un accident... C'est moi, j'ai...

— Un accident ! » hurle Lord Aldous de toute la force qui lui reste.

Et le sang s'écoule plus fort sur sa poitrine.

« Un accident... » répète Janet en reposant l'écouteur.

Elle a été chercher un drap et le presse maintenant contre la plaie, puis elle bande sa main, calmement, comme si elle avait retrouvé son équilibre. Elle ne pleure pas. Elle s'agenouille à côté de lui et presse à nouveau doucement le drap sur sa poitrine. Leurs têtes sont près l'une de l'autre.

« Tu as mal ?

— Non, pas tellement. »

Une légère brise amène des odeurs de terre, de feuillage et de gazon dans la pièce. On entend au loin le grondement du train qui passe à moins de un kilomètre, l'express de Londres de vingt-trois heures dix.

« C'est une histoire stupide, ma chérie.

— Oui, mais n'en parlons pas maintenant.

— Mais ma pauvre chérie, dès demain, tout le monde va en parler... « Lord Aldous abattu par sa maîtresse. » Tu ne m'as toujours pas dit pourquoi tu as tiré ?

— Ne parle pas tant. Admets que c'était un accès de rage, de folie... »

Comme il lui demande à boire, Janet va fouiller dans le bar tout en se demandant pourquoi une femme de quarante ans tire sur son amant qui en a quarante-huit. Est-ce qu'on peut l'expliquer ? Est-on obligé de l'expliquer ? C'est d'une telle tristesse et d'une telle banalité ! Il y a les lettres anonymes qui vous apprennent qu'on est trompée. Et puis la collaboratrice de son amant, que l'on croyait être sa meilleure amie, qui vient vous expliquer, comme ça tout de go : « La maîtresse, c'est moi. Nous nous aimons beaucoup. Il a l'intention de te quitter, mais il n'ose pas te le dire. »

Janet a trouvé du porto et rempli un verre.

Elle a un peu de sang sur les mains. Tout cela est facile à résumer en somme. A quarante ans, il est trop tard pour se faire renvoyer. D'un autre côté, à cet âge, ça doit arriver. C'est inévitable. Et c'est insupportable, même avec une résidence à Sigrimes.

Lord Aldous boit à longues gorgées, comme si le porto allait remplir ses artères vidées de sang. Une grande fatigue l'envahit. Lord Aldous, le grand producteur de films, le plus couronné de succès, ne peut plus remuer un doigt. Pour ainsi dire, il ne sent plus rien.

« Qu'en penses-tu, chérie ? Quand viendront-ils avec leur ambulance ? Si ça continue, ils m'emporteront sans qu'il me reste une goutte de sang. »

Elle ne répond pas, mais change le drap maintenant détrempé. Il tourne presque de l'œil en voyant ce chiffon rouge. C'est une balle en pleine poitrine. Cette cinquième balle, la dernière. Les autres se sont perdues n'importe où... C'est vraiment une fatalité... Cette balle qui n'a pas résonné comme les autres d'ailleurs, plus appliquée et plus rageuse.

La fin semble venue bien plus tôt qu'il ne l'attendait, car voilà qu'il se souvient de son passé. Lorsqu'il avait dix-neuf ans, il a laissé tomber le haut-de-forme et le parapluie pour s'embarquer pour le Canada. Son père était furibard et lui câblait des proverbes.

« T'ai-je raconté, ma chérie, que mon père a passé sa vie à collectionner les proverbes ?

Figure-toi : des proverbes en sept langues. La sagesse de la vie de sept peuples, rangée par ordre alphabétique. Il y en avait pour chaque situation de la vie. Alors, chaque fois qu'il arrivait quelque chose, il se plongeait dans sa collection de proverbes. Je me demande quel proverbe il aurait sorti aujourd'hui. »

Janet, affalée à côté de lui, se demande ce qu'elle peut faire pour arrêter le sang de couler. Cinq minutes seulement ont passé depuis son appel téléphonique. L'ambulance ne sera pas là avant dix minutes... Que se passera-t-il après ? Lui sera sous surveillance médicale, mais elle ?

« Janet...

— Oui

— As-tu peur ?

— De quoi ?

— Tu sais que j'ai le cœur faible.

— Mais non tu n'as pas le cœur faible.

— Mais si. C'est à cause de ça que j'ai été réformé. Et, s'il m'arrive quelque chose, ça pourrait être très désagréable pour toi.

— Laisse ça. Je saurai me débrouiller.

— Te débrouiller, comment ? Pas en te suicidant, j'espère ? »

Janet ne répond pas. Le pistolet est toujours sur le tapis, comme un gros insecte noir.

« Je ne voulais pas la tirer, cette cinquième balle, j'ai voulu relâcher la gâchette, mais ça devait être trop tard : le coup est parti quand même. »

Lord Aldous, qui est maintenant livide, demande :

« C'est bizarre. Montre-moi le revolver... »

Janet ramasse l'arme mais, quand elle la met sous les yeux de Lord Aldous, celui-ci ne voit rien. Tout chavire devant lui. Il est à demi évanoui.

Il a réellement le cœur faible. C'est peut-être au Canada où il travaillait comme une brute qu'il a contracté cette maladie. Il aurait dû revenir en Angleterre, mais les proverbes de son paternel lui enlevaient toute envie de revenir l'âme repentante. Et puis les femmes, que d'histoires ! Il a même comparu dans un procès en divorce, cité comme témoin adultère... Un amiral de la Home Fleet commandait les manœuvres depuis le porte-avions *Corrageous* tandis que lui filait le parfait amour avec sa femme. Cela ne pouvait que finir en bataille rangée. C'est sur ce souvenir qu'il reprend ses esprits. Janet ne lâche plus son poignet ni son pouls...

« Tu ne veux toujours pas me dire pourquoi tu as tiré ?

— Plus tard. Je t'en prie. Quand tu pourras me comprendre.

— Mais je te comprends très bien. Je ne suis pas sourd, et j'ai le droit de savoir.

— Je devenais folle. Depuis des mois, je reçois des lettres anonymes. Et puis tout à l'heure Margrit est venue.

— Margrit ?... Qu'est-ce qu'elle voulait ? »

Lord Aldous a un geste d'extrême fatigue. Il a deviné. Il y a dans tout cela une sombre histoire de bonnes femmes. Une salade de bonnes femmes seules toute la journée.

« Qu'est-ce qu'elle voulait ?

— Elle m'a tout dit. »

Lord Aldous pense qu'il est très bizarre qu'une femme vienne tout avouer à sa meilleure amie. Le jour même où elle ne devrait plus rien avoir à lui dire, car il a rompu hier avec Margrit. Mais la sonnette retentit. Des hommes entrent, dont deux avec un brancard. Lord Aldous devine vaguement le commissaire de police.

« C'est un accident ! crie Lord Aldous, un banal accident. »

Mais lorsqu'ils emportent Lord Aldous, Janet déclare au commissaire :

« Ce n'était pas un accident. C'est moi qui ai tiré. »

Il faut attendre six semaines pour qu'ait lieu à la clinique la confrontation officielle de Janet et Lord Aldous, en présence des enquêteurs.

La chambre d'une infirmière aux rideaux fleuris a été mise à la disposition de la police. Lord Aldous, en pyjama de soie bleue, y est amené, couché sur un brancard. Il a mauvaise mine. Il a lutté pendant trois semaines avec la mort, le projectile du revolver ayant éraflé la pointe du cœur sur un millimètre avant de se bloquer dans la colonne vertébrale.

Il maintient sa première déclaration :

« Il s'agit d'un accident ou, si vous préférez, d'un malentendu. Je suis arrivé très tard à Sigrimes Cottage alors que je m'étais annoncé pour vingt et une heures. D'habitude, lorsque je suis en retard, je couche en ville. Je suis convaincu que Janet a dû croire qu'un cambrioleur était entré dans la maison. Elle a donc tiré lorsque j'ai ouvert la porte sans bruit. Sinon, pourquoi aurait-elle tiré ? »

Et Lord Aldous s'exprime avec toute l'autorité dont il dispose pour convaincre Janet de le suivre sur ce terrain. Mais elle s'y refuse. Vêtue d'un tailleur sombre, les cheveux noirs rejetés en arrière, elle a tant maigri que ses yeux verts lui mangent la figure. Elle est belle de fatigue et de désespoir.

« Malheureusement, c'est faux, dit-elle d'une voix sourde. C'est Lord Aldous que j'attendais, le revolver à la main.

— Pourquoi avez-vous tiré ? demande le commissaire.

— Parce que Lord Aldous est un véritable Casanova et que je suis toute différente. Je supportais de moins en moins la vie qu'il menait. Pendant cinq ans, il s'est joué de moi. Il ne m'a jamais prise au sérieux, même pas pendant cinq minutes. Je l'accompagnais moins souvent en ville, et je l'attendais de plus en plus souvent et de plus en plus longtemps seule à Sigrimes Cottage. Il n'aimait pas tellement l'isolement de cette maison. Alors, parfois, je l'attendais pour rien. Il trouvait des prétextes pour ne pas rentrer. Je vieillissais, et je ne voulais pas qu'il me range dans un coin comme un vieux jouet.

— Ce n'est pas tout à fait exact ! s'écrie Lord Aldous. Je l'ai toujours beaucoup aimée, et je crois que je l'aime encore plus aujourd'hui. »

Le commissaire, qui écoutait ces déclarations mi-amusé, mi-attendri, lève la main :

« Je vous en prie. Inutile d'aller plus loin. D'abord parce que vous oubliez quelques détails. Vous nous avez dit, chère madame, qu'une série de lettres anonymes, reçues durant les derniers six mois, vous avait beaucoup tourmentée et que la visite d'une certaine Margrit, une collaboratrice de votre mari, avait mis le comble à votre agitation. Que c'est même ce qui vous avait, ce soir-là, amenée à prendre ce revolver dans le tiroir du secrétaire.

— C'est vrai, convient Janet.

— De votre côté, Lord Aldous, vous vous êtes étonné que cette Margrit, le lendemain même du jour où vous avez rompu avec elle, soit venue révéler à madame son infortune...

— C'est exact, admet Lord Aldous.

— Or ces détails ne nous auraient guère intéressés si nous n'avions fait une découverte importante. Figurez-vous, Lord Aldous, que la balle extraite de votre blessure, cette cinquième balle que madame ne voulait pas tirer, qu'elle a même souhaité retenir en relâchant la gâchette, eh bien, cette balle est d'un calibre beaucoup plus petit que les autres. »

Un long silence s'est installé pendant quelques secondes dans cette chambre d'infirmière. Janet et Lord Aldous se sont regardés éberlués.

« Mais alors, qui a tiré ? » demande Lord Aldous.

Le commissaire ne répond pas directement à cette question.

« Pour le savoir, nous nous sommes intéressés aux personnes les plus proches des lieux au moment du drame. La femme de ménage n'était pas là. Le jardinier, qui habite dans le village à plus de 600 mètres, prétendait n'avoir rien entendu et n'avait pas cessé d'écouter la radio. Restait cette Margrit. Celle-ci prétendait avoir sauté dans son Austin dès son départ, de sorte qu'elle se trouvait déjà loin sur la route lorsque Lord Aldous est entré dans la maison. Elle nous a d'ailleurs fourni toutes les explications désirables et affirme n'avoir jamais possédé de revolver.

« Alors, nous avons essayé de connaître l'origine des lettres anonymes. D'abord, qui pouvait avoir intérêt à les écrire ? Là encore, nous avons pensé à cette Margrit. Elle était alors la maîtresse de Lord Aldous, elle pouvait avoir intérêt à provoquer une rupture afin d'éliminer une rivale. Et qui pouvait les écrire ces lettres ? Grâce à la méthode d'identification récemment mise au point par Interpol, nous avons réussi à identifier la marque et le type de machines qui ont servi à les frapper. Car elles ont été frappées par des machines à écrire différentes : des machines américaines, des machines anglaises, italiennes et même françaises. Or, en reconstituant votre emploi du temps des derniers mois, Lord Aldous, nous avons constaté que pour les besoins de vos coproductions cinématographiques vous avez voyagé dans tous ces pays, et nous connaissons même les bureaux des producteurs où, accompagné de votre fidèle collaboratrice Margrit, vous avez provisoirement travaillé.

« Nous avons alors demandé à Interpol de nous aider à identifier les machines à écrire qui, dans ces divers bureaux, auraient pu frapper ces lettres. Et nous les avons trouvées toutes. Sans aucune exception. Dès lors nous nous sommes acharnés à vérifier les affirmations de cette Margrit. C'est finalement grâce à un garde-barrière que nous avons pu la confondre.

« Ce soir-là, à un kilomètre à peine de chez vous, l'express de Londres est passé à vingt-trois heures dix précises. Lorsque le garde-barrière a baissé le passage à niveau, il a remarqué une petite Austin. Si Margrit était partie du cottage comme elle le prétend à vingt-trois heures, lorsque le feu rouge de croisement devant votre maison passe à l'orange, il n'y avait aucune raison pour qu'elle se trouve arrêtée par le passage du train. N'ayant jamais pu nous expliquer ces dix minutes de battement, pressée de questions, elle a fini par avouer... La plus folle de rage des deux, c'était elle, Lord Aldous. Elle voulait vous épouser, et vous lui annoncez la rupture. Tous ses projets s'effondraient. Mais elle vous savait tellement remontée contre lui, chère madame, qu'il lui restait un espoir : que vous cédiez à un geste de colère. Elle est venue ce soir-là pour vous y pousser. Non seulement elle ne vous a pas parlé de sa rupture, mais, au contraire, elle a tout fait pour aviver votre rage. Elle est sortie lorsque Lord Aldous est entré et a suivi la scène à quelques pas de vous par une des baies. Lorsque, après quatre détonations assourdissantes et dans un nuage de fumée, elle a vu que vous aviez complètement perdu le contrôle de vous-même et que Lord Aldous, pour éviter vos balles, tournait comme une toupie, apparemment indemne, elle a tiré avec le petit revolver qu'elle a sorti de son sac. Elle avait joué au poker : ou vous tiriez et elle tirait, ou vous vous taisiez et elle partait... Il lui restera à prouver devant le tribunal qu'il s'agissait plus d'un geste de rage et de dépit que d'une machination. Elle y parviendra, car c'est sans doute la vérité. »

Elle y est parvenue. Mais, en Angleterre, le crime passionnel, qu'il soit de rage, de dépit ou d'amour, ne fait pas partie des mœurs. Tu ne tueras point est le seul principe.

Miss Margrit a donc fini ses jours en prison. C'est la loi d'Albion.

LE VAMPIRE

PAR une nuit sans lune, dans une bourgade allemande, en 1964... dans une chambre, à la lueur d'une lampe de chevet, une main tremblante soutient l'éclair d'une lame de rasoir. Une fois, deux fois, trois fois, c'est d'un rasoir à main qu'il s'agit, un de ces rasoirs appelés « coupe-chou ». Et c'est un crime.

Le sang coule. La main ne tremble plus. Elle essuie soigneusement la lame du rasoir sur les draps.

Un instant, le meurtrier contemple son œuvre : la vieille Mme Eisenbach, sa logeuse, âgée de quatre-vingts ans, est morte égorgée ; les yeux, grands ouverts, expriment la plus profonde surprise, ses cheveux sont épars sur l'oreiller. A l'annulaire d'une de ses mains maigres crispées sur le drap luit une étrange bague ornée d'une pierre verte. Pourtant le meurtrier n'y touche pas, il a autre chose à faire, de plus important, que de voler une bague. Plus important même que le crime qu'il vient de commettre.

Mais, pour accomplir ce geste essentiel, le véritable mobile de son crime, il lui faut une autre arme. Une arme bien bizarre en vérité. Il sort de sa poche un long éclat de bois dur taillé en pointe.

Mais le criminel hésite, car il entend grincer la porte d'entrée de l'immeuble. Des pas résonnent dans le couloir. La fille de la logeuse rentre déjà. La clé pénètre dans la serrure. Elle revient plus tôt que prévu, et le meurtrier a peur. Il remet dans sa poche l'éclat de bois pointu et le rasoir replié. Puis il traverse la chambre en courant, renversant un fauteuil sur son passage, jusqu'à la fenêtre qu'il enjambe.

Tandis que, de l'extérieur, il repousse les volets, la fille de Mme Eisenbach, une solide veuve de quarante-cinq ans, pénètre dans la chambre et pousse un hurlement, ce qui est la moindre des choses devant un pareil spectacle.

Une demi-heure plus tard, le policier barbu et binoclard chargé d'enquêter sur le meurtre de Mme Eisenbach est assez surpris. Mme Eisenbach est morte égorgée avec une arme extrêmement tranchante, et le médecin légiste suggère qu'il pourrait s'agir d'un rasoir. Mais rien n'a été volé, absolument rien, ni même dérangé. Sauf un fauteuil que l'on trouve renversé. Cela pourrait, à la rigueur, s'expliquer par l'arrivée inopinée de la fille de Mme Eisenbach, provoquant la fuite du meurtrier.

C'est une nuit de printemps frileux, et Mme Eisenbach, prudente, n'avait pas coutume de laisser sa fenêtre ouverte, encore moins ses volets. La serrure de la porte d'entrée de l'appartement étant fermée à clé, il est probable que le meurtrier est entré par la fenêtre sans réveiller la vieille dame. Dans ce cas, il peut s'agir d'un familier de Mme Eisenbach. Après avoir été reçu par elle peu avant son coucher, il aurait pris la précaution de laisser l'espagnolette ouverte ainsi que le crochet qui retient les volets.

Le crime peut avoir été commis par quelqu'un venu de l'extérieur. Mais le policier veut d'abord connaître les locataires de l'immeuble. Il va donc rapidement d'étage en étage frapper aux portes. Certains des locataires sont de respectables bourgeois occupant des appartements, mais il y a, au dernier étage, de petits studios occupés par des étudiants ou de jeunes travailleurs.

Or le policier barbu et binoclard est également un tantinet rigolard. Il a la plaisanterie facile et ne s'embarrasse pas de précautions exagérées. Il a donc tôt fait de jeter sur la liste des locataires des annotations du genre de : « celui-là, trop vioc », « celui-là, bureaucrate, ne se salirait pas les mains en tuant avec un rasoir », « celui-là, une jambe raide. Serait resté suspendu entre ciel et terre en enjambant la fenêtre », etc. Son attention se fixe ensuite sur deux ou trois jeunes hommes. L'un lui paraît un tantinet voyou, l'autre est un paisible étudiant dans une école vétérinaire des environs. Le troisième est discret et renfermé mais un peu jeune : il n'a que dix-neuf ans et s'appelle Helmut Dudweiler.

« Est-ce que ces trois jeunes gens connaissaient bien votre mère ? demande le policier à la fille de Mme Eisenbach.

— Pas beaucoup... sauf Helmut.

— Savez-vous si ce jeune homme est venu voir votre mère dans la soirée ?

— C'est très possible. Après avoir lu un journal, il le lui apportait souvent le soir... Elle aimait bien lire avant de s'endormir. »

Le policier va donc frapper à nouveau à la chambre du jeune homme. C'est un grand garçon élancé, au visage assez fin, au nez mince légèrement en trompette. Il est plutôt sympathique. Les cheveux paille sont rejetés en arrière, il est vêtu d'un costume de lainage gris, sans cravate. Il ne roule pas sur l'or, mais tout dans sa chambre est propret et bien rangé, confortable. Il a tout ce qu'il lui faut, y compris quelque 300 marks dans le portefeuille que son père lui a offert l'année dernière, lorsqu'il a obtenu un emploi de dessinateur dans une usine des environs.

« Helmut, il faut que je vous pose quelques questions », déclare le policier qui furète dans la chambre et s'apprête à jeter un coup d'œil sur une rangée de livres posés sur une commode. Il n'a pas le temps d'en lire les titres, et c'est dommage, car cela lui aurait fait gagner des heures précieuses. Le jeune Helmut lui demande d'une voix angoissée :

« Vous ne croyez pas que c'est moi qui ai tué cette pauvre vieille dame quand même ?

— Mais non... Mais non... répond le policier en se retournant pour voir le malheureux jeune homme qui l'interroge du regard, pâle comme un mort. Vous savez bien ce que c'est, je suis flic et je pose des questions à tout le monde. Si je commence par vous, c'est parce que vous lui portiez chaque soir le journal et que vous êtes peut-être la dernière personne à l'avoir vue.

— Mais je ne l'ai pas vue hier soir... J'ai glissé le journal sous la porte. »

Après une brève conversation, le policier se retire, convaincu que le jeune homme lui a menti en disant qu'il a glissé le journal sous la porte. Mais cela ne prouve rien. Il peut avoir tout simplement peur d'être suspecté. D'autant que ce garçon, un peu benêt, paraît tout à fait inoffensif. Non seulement il n'a apparemment aucun mobile, un tant soit peu plausible, d'avoir tué cette vieille femme, mais il semble qu'il ait toujours éprouvé pour elle un profond respect.

C'est ainsi que l'enquête s'enlise pendant quatre jours, jusqu'au lendemain de l'enterrement de Mme Eisenbach, où se produit un stupéfiant coup de théâtre.

Ce matin-là, vers cinq heures, alors que le soleil n'est pas encore levé, un fossoyeur moustachu entre dans le cimetière avec un aide et deux lampes à la main. Un enterrement doit avoir lieu au début de la matinée. Il vient finir de creuser la tombe, une pluie diluvienne l'ayant interrompu la veille en fin d'après-midi. Soudain, le fossoyeur moustachu, qui jusqu'alors marchait d'un pas rapide en balançant ses lanternes à chaque bras, s'immobilise pour mieux voir s'il ne rêve pas. Il y a bien un tas de terre fraîchement remuée près de la tombe de Mme Eisenbach.

Quelques secondes après, le fossoyeur se penche sur la cavité qui n'est pas très profonde. Le cercueil n'a pas été atteint, mais la dalle a été soulevée, et la croix qui la surmontait renversée.

Une demi-heure plus tard, des policiers envahissent le cimetière. Sous la direction du policier barbu et binoclard, ils commencent leurs investigations. Ils trouvent à quelques pas de la tombe de Mme Eisenbach : une barre à mine qui a sans doute servi à déplacer la dalle, une pelle et, à moitié enfoncé dans la boue, un éclat de bois dur dont une extrémité a été soigneusement taillée en pointe acérée.

Le policier penche ses binocles sur ce dernier objet qu'il examine avec une attention particulière.

« C'est peut-être un coin pour ouvrir le cercueil, remarque un policier.

— Non... Non... Un coin, c'est plat. Ce n'est pas rond.

— Un bout de bois pour faire levier avec la barre à mine ?

— Aussi pointu et aussi aigu... pour quoi faire ?

— Alors un piquet !

— Je suppose que le gars qui a fait ça n'avait pas l'intention de planter sa tente dans le cimetière ! »

Un grand silence s'ensuit, pendant lequel apparaît une ride sur le front du policier barbu. Puis une deuxième. Puis une troisième. Il a bientôt le front tout plissé, autant par un effort de réflexion intense que par l'expression d'une stupeur quasi colossale :

« Ce n'est pas possible. Je n'ose pas y penser ! »

Et il brandit le bout de bois...

« Ça ne vous dit rien ? »

Non, ça ne dit rien aux braves policiers qui l'entourent. C'est vrai qu'ils sont tous trop jeunes pour avoir vu le cinéma allemand expressionniste d'avant-guerre, les films de Murnau ou de Fritz Lang.

« Cette tombe, ce petit pieu de bois, ça ne vous dit rien ? Je suis peut-être en train de faire du roman, mais figurez-vous que, selon la légende, un pieu de bois enfoncé dans son cadavre, c'est le sort réservé au vampire. »

Autour de lui, les regards se croisent, interdits et incrédules. Poursuivant son idée, le policier barbu demande à la direction de la police s'il y a eu de semblables crimes rituels, à rattacher sans doute au culte des vampires.

Réponse de la direction de la police : votre hypothèse nous paraît complètement farfelue. Mais nous interrogeons Interpol.

Réponse du secrétariat général d'Interpol à Paris : non. Interpol n'a jamais eu vent de cas semblables. Mais Interpol n'existe que depuis 1923. La littérature spécialisée rapporte que des rituels similaires ont été observés dans les siècles passés, notamment à la fin du XIXe siècle.

Malgré les réticences de la direction de la police, le policier barbu et binoclard, qui a cessé d'être rigolard, demande l'autorisation d'aller consulter un spécialiste dont Interpol lui fournit l'adresse.

« Je sais que cela paraît invraisemblable, dit-il, mais je vous rappelle que la victime a été tuée sans mobile apparent et que l'on a tenté, le lendemain de son enterrement, de profaner sa tombe près de laquelle on a retrouvé un pieu de bois soigneusement taillé en pointe et très acéré. Alors ma thèse n'est pas plus invraisemblable que les faits. »

Quelques jours plus tard, le policier binoclard et barbu, muni d'une recommandation d'Interpol, se présente devant un monastère grec de Macédoine. L'Administration lui a offert le voyage. Un moine vénérable le conduit à la bibliothèque du monastère où l'attend le fameux spécialiste. Il est pour le moins surprenant, sinon inquiétant, avec son visage sauvage, ses longs cheveux noirs, sa barbe noire, ses lunettes noires, sa chemise noire et l'énorme bague aux reflets verts qui brille à l'annulaire de sa main droite.

« Que voulez-vous savoir ? lui dit cet homme étrange après les présentations. Tout est ici : manuscrits bouddhistes, papyrus égyptiens, textes arméniens, ouvrages de métaphysique et légendes roumaines.

— Pourquoi des légendes roumaines ?

— Eh bien, mon Dieu, parce qu'elles se rattachent au sujet de votre visite. Interpol m'a mis au courant de l'affaire... Vous êtes bien venu pour me parler du vampirisme ?

— Oui. »

Le policier binoclard et barbu est tout de même très étonné que l'on puisse aborder de tels sujets dans un monastère. Il regarde autour de lui d'un air inquiet.

« N'ayez aucune inquiétude. Nous pouvons ici parler de tout très librement tant que ces sujets restent du domaine de l'étude et qu'il n'y est fait allusion à aucune expérience personnelle.

— Parce que vous avez une expérience personnelle du vampirisme ? »

Le policier ne peut s'empêcher, pour poser cette question, d'avoir un ton goguenard. Il le perd bien vite, car le bizare bonhomme se contente de hausser les épaules avec mépris.

« Vous n'êtes pas venu pour parler de mes expériences personnelles. Sachez seulement que je ne considère pas le vampirisme comme une plaisanterie. »

Et le voilà parti en un long monologue, hélas ! impossible à résumer ici, duquel il ressort que le vampirisme non seulement n'a pas disparu, mais qu'il ne peut disparaître, qu'il est antérieur à l'Église chrétienne elle-même. L'Église qui, d'ailleurs, admet son existence puisqu'elle admet le diable, celui qu'elle appelle « le malin ». Recherche de l'immoralité selon les uns, du culte du désordre et de la mort selon les autres, le vampirisme est respectable comme toutes les croyances.

Et voilà qu'il est question de Lucifer et de Dracula, de Casanova et des doges de Venise, de Dieu et du diable, du pape et d'Hitler. Manifestement, l'étrange bonhomme non seulement croit à son sujet, mais il est un puits de science.

« Mais où en est le vampirisme ? demande le policier qui en perd ses binocles.

— Le vampirisme renaît éternellement de ses cendres. Après le vampirisme de Venise et son déclin, après son renouveau dans les Karpates au siècle dernier avec Dracula, nous assistons à nouveau au règne des vampires et à leurs grandes ténèbres. Ces vampires agirent par l'intermédiaire des nazis, pour se nourrir des vibrations de souffrance et d'angoisse des juifs dans les camps de la mort. Ils s'apprêtent à agir aujourd'hui d'une autre façon en se nourrissant de la mort spirituelle des êtres. Ne le voyez-vous pas : plus de foi, plus d'Église, plus d'esprit. Il ne restera bientôt aux hommes que le culte du mal, le culte infernal du vampire suprême : l'ange noir Lucifer.

« La plupart des gens n'en ont qu'une connaissance très fragmentaire. Le vampirisme n'est connu d'eux que par quelques symboles dont le plus répandu est celui qui concerne votre affaire. Pour les gens superstitieux, un vampire est un défunt qui quitte dans la nuit sa tombe pour aller sucer le sang des vivants. L'un de ceux à qui il a pris du sang doit aller retrouver le vampire dans son cercueil et le transpercer d'un pieu de bois. De cette façon, il croit détruire une fois pour toute sa puissance. Inutile de vous dire que c'est une superstition bien primaire. Sans doute celle qui a fait agir l'assassin de Mme Eisenbach. Il a voulu la tuer pour ensuite lui transpercer le cœur avec un pieu. Il a été dérangé une première fois. Il lui a donc fallu se rendre au cimetière où, soit que la peur ait été plus forte que tout, soit qu'il ait été encore une fois dérangé, il a renoncé en abandonnant l'arme rituelle.

— Mais, quel qu'il soit, ce criminel ne peut avoir inventé ça tout seul ?

— Évidemment, une secte le lui a enseigné.

— Existe-t-il des sectes en Occident ?

— Mais bien sûr... Et elles sont nombreuses.

— En connaissez-vous en Allemagne ?

— Oui.

— Par exemple ?

— La secte de « la Montagne du plus lointain Minuit ». Je pense que c'est la plus importante. Elle fait d'ailleurs partie du fichier d'Interpol. »

Après avoir passé quelques heures hallucinantes en compagnie de ce personnage aussi savant qu'inquiétant, le policier binoclard et barbu, moins rigolard que jamais, retourne en Allemagne, où une enquête rapide lui permet de découvrir que le jeune benêt Helmut Dudweiler fréquentait quelques personnages plus ou moins passibles de l'asile psychiatrique : les membres de la secte « la Montagne du plus lointain Minuit ».

Il n'est plus difficile, dès lors, après un long interrogatoire, d'obtenir les aveux du jeune homme.

« Mais qu'est-ce qui vous a fait penser que Mme Eisenbach était un vampire ? » lui demande le policier.

Les réponses du jeune homme le laisse pantois :

« Elle ne sortait qu'à la tombée de la nuit.

— Pourquoi ?

— Parce que la lumière du jour l'aurait réduite en cendres.

— Et puis ?

— J'avais observé que lorsqu'elle passait devant un miroir son image n'était pas reflétée.

— C'est tout ?

— Oh ! non. Elle avait deux crocs terribles. Vous n'avez pas remarqué ? Et son teint blafard tirant sur le vert ? »

Et, devant l'ahurissement du policier, le jeune homme explique que la nuit il entendait les cris de la vieille.

« Mais c'était des cris de chat ! dit le policier, ou des chiens hurlant à la lune !

— Non... non... non... C'était elle... D'ailleurs, j'ai observé que tous les objets bénis lui faisaient une brûlure sur la peau.

— Comment ça ?

— Un jour, j'ai approché une croix. Le lendemain, elle en avait la marque. »

Et puis surtout, il y avait cette preuve formelle, indiscutable : l'étrange pierre verte qui brillait à son doigt.

Helmut Dudweiler aurait posé un cas difficile : à savoir qu'il n'avait réellement assassiné que sous l'influence d'une forte superstition. Heureusement, la justice allemande s'en est tirée grâce aux psychiatres qui l'ont opportunément dirigé sur un asile. Dont il est peut-être aujourd'hui ressorti, malheureusement ou heureusement.

BLACK-OUT

L'UNE des plus prodigieuses affaires criminelles de l'après-guerre est aussi celle qui est restée la plus ignorée du public. C'était au mois de juillet 1956. Le concessionnaire, pour l'Europe, d'une grande firme commerciale, ce que nous appelons aujourd'hui une « multinationale », distribue dans le monde entier un produit spécialement destiné aux enfants et organise un concours dont les troisième, quatrième, cinquième et sixième prix sont un voyage aux États-Unis, et notamment à Disneyland.

Fin mai, le concours est dépouillé. Début juin, les lauréats sont désignés. Le 7 juillet, le jeune James Guilford, quatorze ans, de nationalité anglaise, Guillaume Vilshofen, un Allemand de Brême, Emilio Conti, un Italien de Milan, tous deux âgés de quinze ans, et enfin

François Leteldur, le junior, un Lyonnais de treize ans et demi, prennent l'avion au Bourget. Un avion à hélices, bien sûr. Ils sont accompagnés d'un public relations représentant la firme et d'une éducatrice américaine et polyglotte répondant au prénom de Nandy. Leur première destination est New York, après une escale à Terre-Neuve, puis à San Francisco, Los Angeles, etc.

A San Francisco, alors que les quatre jeunes gens, accompagnés par Nandy l'éducatrice, visitent le fameux *Fisherman's Warf,* ils disparaissent. Au bout d'une demi-heure de retard, l'élégant petit blond, le public relations de la firme, qui occupe une chambre à l'hôtel *Splendid,* commence à téléphoner partout pour les retrouver et savoir la raison de ce retard. Au bout de deux heures d'attente, le malheureux — complètement affolé — prévient la police. Une heure plus tard, il la rappelle, car le concierge de l'hôtel vient de lui transmettre une lettre rédigée par l'éducatrice qui accompagnait les enfants, et dont voici le texte :

« John,

« Vite, préviens immédiatement la direction générale. Nous sommes séquestrés par trois hommes qui exigent chacun 300 000 dollars. Obtiens cette somme le plus vite possible, sinon personne ne nous reverra plus. Ne préviens surtout pas la police. Ils nous tueront si les journaux en parlent. Dès que tu auras l'argent, fais passer dans *l'Examiner,* à la rubrique des messages personnels, l'annonce suivante : « " L " prêt à conclure marché. Prière « de faire savoir quand et où livrer la marchandise. » Et tu attendras la réponse. Nos ravisseurs veulent *chacun* 100 000 dollars en billets de 20, 100 000 en billets de 50 et 100 000 en billets de 100. Tous les billets doivent être usagés et ne porter aucune marque. Leurs numéros de série ne doivent pas se suivre. Nandy. »

A la direction de la police, on a déjà préparé à toutes fins utiles le communiqué habituel signalant la disparition, et le chef des informations du journal de San Francisco le *Chronicle* a déjà rassemblé les hommes qu'il a sous la main pour préparer une édition spéciale. C'est là que le capitaine Irish, un gros policier chauve aux lunettes de myope, qui n'était pas de service, survient et lit la lettre. Il bondit :

« Il faut annuler le communiqué à la presse. Je veux le silence absolu.

— Mais le *Chronicle* est déjà sur l'affaire ! » lui répond le chargé de presse.

Alors, le capitaine Irish se jette sur le téléphone pour appeler le *Chronicle*.

« Trop tard ! répond le chef de l'information du journal. Mes reporters sont déjà aux quatre coins de la ville.

— Rappelez-les ! s'écrie le capitaine Irish. Il y va de la vie de plusieurs gamins, venus, eux, des quatre coins de l'Europe et d'une jeune femme. »

Suit une longue discussion sur la liberté de la presse. Chacun sait que la presse est aux États-Unis non seulement totalement libre, mais soumise à un régime de concurrence qui la rend particulièrement efficace et rapide dans ce genre de faits divers.

Aussi la direction du *Chronicle* n'accepte de se taire qu'à condition que tous les autres organismes d'information prennent l'engagement d'en faire autant. Or, en 1956, il y a vingt et une stations de radio et sept stations de télévision dans le périmètre de San Francisco, sans compter trois agences de presse, cinq grands quotidiens et une bonne douzaine de petits journaux...

Irish s'engage à les contacter tous et y parvient en moins d'une heure, ce qui en soi est un exploit. L'édition spéciale du *Chronicle* est donc démontée et tous les informateurs de la région concluent un pacte du silence jusqu'alors sans précédent dans l'histoire du journalisme américain.

Mais, à chacun, le capitaine Irish a promis :

« Je vous tiendrai au courant de tout ce qui se passe et de chaque détail de l'enquête. Envoyez-moi un de vos hommes, je l'attendrai à mon domicile. Pour éviter le va-et-vient suspect autour du palais de justice, je vais établir mon quartier général chez moi. »

Cela fait, le capitaine Irish éponge avec un mouchoir son crâne chauve trempé de sueur et déclare à ses collaborateurs :

« Je risque les plus graves embêtements, mais je crois qu'on peut leur faire confiance. »

Puis il fait convoquer chez lui, le plus discrètement possible, le petit public relations de la firme.

Lorsque celui-ci apparaît au domicile du capitaine Irish où une trentaine de journalistes s'écrasent et se marchent sur les pieds dans le living-room transformé en bureau, l'élégant petit homme pâlit et proteste :

« Mais la lettre disait qu'il ne fallait pas prévenir la presse ?

— Ne vous inquiétez pas, explique le capitaine Irish, nous avons passé un accord. Vous pouvez répondre devant eux à mes questions. D'abord, est-ce que vous avez contacté votre firme ?

— Oui. Mais je n'ai pas voulu en parler à n'importe qui. Ce soir à huit heures, je dois rencontrer le directeur financier.

— Est-ce que vous croyez qu'il prendra sur lui de payer la rançon ?

— Je ne pense pas. Il faudra qu'il en parle au P.-D.G.

— Est-ce que vous croyez que le P.-D.G. pourra prendre la décision sans en référer au conseil d'administration ?

— Je ne sais pas.

— De toute façon, il faut leur recommander de ne pas se presser. Il faut qu'ils nous laissent le temps d'agir.

— C'est dangereux.

— Les gosses sont probablement moins en danger tant que la rançon n'est pas payée. Nous risquons de ne jamais les revoir lorsque la rançon sera payée. Ils sont seuls à pouvoir reconnaître les kidnappeurs et témoigner contre eux. Il ne restera plus à ces salauds qu'une solution, logique, c'est de les tuer. Voilà ce que vous devez dire dès ce soir aux dirigeants de votre firme. »

A la faveur d'un orage qui, providentiellement, fait rage sur San Francisco, les inspecteurs installent un poste émetteur dans la chambre du petit public relations à l'hôtel Splendid, et une longueur d'onde secrète est attribuée au quartier général pour communiquer avec les voitures de police en patrouille.

Mais, pendant ce temps-là, le chef des informations du *Chronicle,* les rédacteurs des cinq quotidiens, des vingt et une stations de radio, des sept stations de télévision, des trois agences de presse et la bonne douzaine de petits journaux rongent leur frein. Ils ont préparé, avec l'aide d'un personnel restreint mis dans la confidence, des dépêches fleuves, des éditions spéciales, des reportages à sensation, et, lorsqu'ils rentrent chez eux cette nuit-là, ils ressentent un gros malaise professionnel à laisser sous le boisseau une information toute prête.

Il est évident que cette conspiration du silence ne pourra pas tenir longtemps. Le capitaine Irish s'en doute bien.

Dans la nuit, le petit public relations de la firme a rencontré le directeur financier, et tous deux ont réveillé sur le coup de quatre heures du matin, en raison du décalage horaire, le P.-D.G. qui vit à New York. La réaction de celui-ci est immédiate et formelle :

« Il faut prendre vos dispositions pour payer ! Payez tout de suite ! »

Il songe sans doute à la réputation de sa firme. Quelle catastrophe si le public pensait qu'elle hésite à payer une somme, même aussi énorme, alors qu'il y va de la vie de cinq personnes dont quatre enfants. Mais peut-être songe-t-il aussi réellement à la vie de ces gosses...

« Mais la police nous demande de prendre notre temps, de ne pas agir trop vite, explique le directeur financier.

— Payez ! Payez tout de suite ! insiste le P.-D.G.

— Mais nous ne compromettons rien en faisant traîner un peu les choses !

— Je vous dis de payer !

— Les kidnappeurs comprendraient très bien si on leur disait que vous êtes obligé de demander l'accord du conseil d'administration.

— Payez ! » hurle le P.-D.G.

Une demi-heure plus tard, la conversation téléphonique s'établit cette fois entre le P.-D.G. et le capitaine Irish.

« Vous avez donné des ordres pour qu'on paie immédiatement, dit le capitaine.

« Je comprends votre décision. Une firme comme la vôtre ne peut pas avoir l'air de mégoter. Mais le vrai courage dans votre cas ce serait de ne pas payer. Du moins pas tout de suite, car notre seule chance de revoir ces enfants vivants, c'est d'arrêter les coupables, pas de leur donner l'argent qu'ils demandent.

— Expliquez-vous.

— J'ai établi à grand-peine un black-out total sur cette affaire. Je peux le maintenir tant que vous n'avez pas payé. A la seconde où vous aurez versé l'argent, ce sera une explosion dans tous le pays. Mes hommes enquêtent, et les journalistes sont au courant de chaque fait et geste. Je me suis engagé à tout leur dire. Si les enfants sont libérés ainsi que la femme qui les accompagne, des portraits robots vont être établis. A la seconde où vous aurez payé, il n'y aura pas un Américain qui ne sera au courant de chaque détail. Ce sera une chasse à l'homme comme on en n'a jamais vu. Conclusion : les kidnappeurs, dès qu'ils auront reçu l'argent, n'auront pas d'autre solution que de tuer leurs otages. »

Là-bas, à New York, le P.-D.G. qu'on imagine en pyjama, assis derrière son bureau, avec sa femme en chemise de nuit qui le regarde atterrée, reste quelques instants silencieux, hésitant.

« Et ça se retournera contre vous ! conclut brutalement le capitaine Irish. Car je serai bien obligé de dire que les enfants sont morts sans que vous nous ayez donné la possibilité d'essayer de les sauver. Qu'ils sont morts parce que vous n'avez pensé qu'au renom de votre firme ! »

Il y a un nouveau silence au bout du fil.

« Je ne vous demande pas de ne pas payer ! Je vous demande d'avoir le courage, et je sais qu'il en faut, de traîner au moins quarante-huit heures. D'accord ?

— Vous avez ma parole. Je vous laisse juge, vous avez carte blanche. »

Le lendemain dans l'après-midi, le nombre de journalistes au courant de l'affaire augmentant d'heure en heure, le capitaine Irish est obligé de transférer son quartier général au palais de justice, où une salle spéciale est aménagée pour la presse.

Sur les mille huit cents inspecteurs de ses effectifs, il en a trié cent sur le volet, qui finissent par reconstituer les circonstances de l'enlèvement : les gosses et leur accompagnatrice sont montés dans deux taxis, sans doute conduits par les ravisseurs, et on ne les a plus revus. Les deux taxis sont retrouvés abandonnés. Ils ont été volés pour la circonstance et ne portent aucune empreinte, que celles des enfants.

Tous les autres inspecteurs sont dans l'ignorance de l'événement. Les agents en uniforme, eux-mêmes, n'ont pas la moindre idée de ce qui se passe. On leur a simplement dit que quatre gosses ont disparu et qu'on les recherche. Ils patrouillent donc dans leur secteur respectif avec leurs photos en poche au cas, bien improbable, où ils les rencontreraient.

Au palais de justice, le capitaine Irish a longuement réfléchi. Puis il a dicté au petit public relations de la firme le message à faire paraître dans *L'Examiner,* à la rubrique des messages personnels : « " L ", impossible verser prix de vente. Devons demander accord du conseil d'administration. Prière prendre contact avec nous. »

Ce que le capitaine Irish voudrait, c'est amener les kidnappeurs à téléphoner à l'hôtel Splendid pour entrer en contact avec l'homme des relations publiques. Rapidement, le capitaine organise un système minutieux de détection. Vingt techniciens sont mis en place pour repérer l'origine des appels téléphoniques qui parviendraient à l'hôtel.

Le soir même, le *New York Herald Tribune* — sur la foi d'une information anonyme — téléphone à son correspondant de San Francisco, qui se trouve être un des rédacteurs du *Chronicle,* mais, malheureusement, un de ceux que la direction n'a pas mis au courant.

« Un enlèvement ici ? s'étonne le brave garçon. C'est bizarre. Je n'ai entendu parler de rien. Attendez, je vais me renseigner. »

Quelques instants plus tard, il reprend l'appareil et parle d'une voix basse qui étonne son correspondant :

« C'est vrai. On a kidnappé quatre gosses et une femme. Mais tous les organismes d'information de San Francisco se sont engagés à garder le silence. La vie de ces gosses et de cette femme sont en jeu. »

Quelques heures plus tard, un des plus importants réseaux de radio-diffusion de New York apprend la nouvelle à son tour. Heureusement, il téléphone à la police de San Francisco pour avoir des renseignements, et le capitaine Irish a toutes les peines du monde à le convaincre de retenir l'information.

De minute en minute, la nervosité s'accentue. Il devient évident que, d'un instant à l'autre, un journal ou une station de radio moins scrupuleux va sortir la nouvelle. Le pacte rompu, tous les autres suivront, et ce sera la catastrophe.

Au lieu de l'appel téléphonique qu'attendait le capitaine Irish, c'est une simple lettre qui parvient au petit public relations de la firme à l'hôtel Splendid. Elle est écrite par Nandy, l'éducatrice qui accompagnait les enfants :

« Mon cher John. C'est le deuxième jour, et nous sommes toujours en vie. Mais je vous en supplie, hâtez-vous ! N'oubliez pas qu'ils connaissent toutes les ficelles. Ils m'ont assuré que, si nous jouions franc jeu avec eux, ils nous laisseraient partir sans nous faire aucun mal. Mais, si la police ou la presse était prévenue avant que l'argent soit entre leurs mains, ou si l'on essayait de les prendre au piège, ils nous tueraient. Grâce à Dieu, les journaux n'ont encore parlé de rien. »

Enfin, au début de l'après-midi, le téléphone sonne dans la chambre du petit public relations à l'hôtel Splendid.

« Nous avons lu votre annonce dans *L'Examiner,* grogne une voix grave, plutôt vulgaire. Qu'est-ce que c'est que cette histoire de conseil d'administration ?

— Mais notre P.-D.G. ne pouvait pas faire autrement.

— Je veux bien vous croire. De toute façon, il est maintenant sept heures à New York. C'est bien le diable si le conseil d'administration n'a pas eu lieu... Alors, cette fois-ci, il faut vous exécuter. Il nous faut demain soir les 900 000 dollars. Faites passer demain matin l'annonce prévue dans *L'Examiner,* et pas d'entourloupette. Les enfants sont très encombrants. On aimerait bien s'en débarrasser. »

Là-dessus, le correspondant raccroche, tandis que les techniciens de la police essaient de localiser l'appel, sans succès car il a été beaucoup trop court. Le petit public relations, au comble de la panique, prévient son P.-D.G. qui décide sans plus attendre de payer la rançon.

« J'ai laissé à la police le temps d'agir, dit-il. On ne peut pas jouer plus longtemps avec le feu. N'en parlez à personne, surtout pas à la police. Et, si quelqu'un doit livrer la somme, je compte sur vous. »

De son côté, le capitaine Irish vit l'instant le plus dramatique de sa carrière. Les quatre gosses ont de la famille en Italie, en Allemagne, en France et en Angleterre. Ces familles, qui devaient recevoir quotidiennement des nouvelles, sont surprises de n'avoir rien reçu et s'inquiètent. L'une d'elles n'a pas admis les explications vaseuses qu'on lui a fournies à New York et s'adresse à Scotland Yard, qui alerte Interpol à Washington. Le secrétariat général à Saint-Cloud en est évidemment informé, mais aussi Interpol à Rome, Paris et Wiesbaden.

Tout ceci n'est encore rien : un reporter, correspondant à San Francisco du groupe de presse allemand « Spiegel », téléphone à son père à Munich et lui raconte incidemment que les journaux de San Francisco tiennent en réserve depuis deux jours une sensationnelle affaire d'enlèvement. Le père, lui-même directeur de journal, ne comprend pas qu'il s'agit d'un message confidentiel et demande des détails à son rédacteur en chef. Celui-ci, stupéfait, prie l'Associated Press de vérifier la nouvelle. De sorte que la demande de précisions apparaît sur les télétypes de l'Associated Press dans toutes les salles de rédaction des États-Unis : « Sommes informés d'un kidnapping de quatre enfants européens avec rançon demandée de 900 000 dollars. Qu'y a-t-il de vrai ? »

Le directeur à San Francisco de l'Associated Press bondit sur son téléphone et explique au directeur de l'Associated Press de Munich la tragique nécessité d'un silence absolu. Mais il est impossible, évidemment, d'atteindre tous ceux qui ont pu lire la demande de confirmation sur les télétypes.

Le bureau central national d'Interpol à Washington demande alors à tous les centraux d'Europe de contacter les organes de presse pour leur demander de respecter, au moins pour quelques heures, cette loi du silence. Mais il devient de plus en plus évident que la marmite va exploser, elle fume déjà beaucoup.

Une troisième lettre, pendant ce temps, est parvenue à l'hôtel Splendid.

« Par pitié, John. Pour l'amour de Dieu, n'essayez pas de marchander. Je vous jure qu'ils sont prêts à tout. Ils m'ont menacée de nous mutiler si vous attendez davantage. Je vous en conjure, faites exactement ce qu'ils vous demandent, sinon ils couperont les testicules des enfants et vous les enverront pour vous faire comprendre qu'il est trop tard et que nous sommes morts ! »

Le lendemain matin, la petite annonce prévue paraît dans *L'Examiner*. Le capitaine Irish a essayé de convaincre le P.-D.G. de la firme de livrer la rançon en faux billets. Celui-ci a refusé. Les banquiers sollicités par la firme, flairant une urgence tragique, autorisent l'avance immédiate des fonds sur un simple coup de téléphone du P.-D.G. Les caissiers, sans savoir pourquoi, se mettent en devoir de choisir des vieux billets et de les compter conformément aux exigences des ravisseurs.

Le capitaine Irish tient alors son conseil de guerre. Son crâne chauve est luisant de sueur et de fatigue. Il fait alerter tous les surveillants des centraux téléphoniques pour les avertir que les kidnappeurs appelleront certainement dans la journée à l'hôtel Splendid. Le numéro de l'hôtel, écrit en gros caractères, est collé à hauteur d'yeux sur tous les standards de San Francisco, et toutes les téléphonistes sont averties : « Dès que l'on appelle ce numéro, retardez la transmission, identifiez le poste demandeur et prévenez-moi immédiatement. C'est une question de vie ou de mort. Je compte sur vous. »

Vers quatorze heures, un des ravisseurs appelle l'hôtel Splendid. Il ne prononce que quelques phrases :

« Vous avez les 900 000 dollars ?

— Oui.

— En vieux billets et comme on vous les a demandés ?

— Oui.

— Alors, tenez-vous prêt. »

Puis il raccroche. Mais, cette fois, le système de repérage permet de déterminer le quartier d'où émanait l'appel, et le capitaine Irish y envoie des voitures de police.

A huit heures du soir, l'United Press, ayant eu vent de l'enlèvement, demande des renseignements sur tous les télétypes. La direction, prévenue, ne réitère pas sa demande, mais, bien entendu, des milliers de journalistes la lisent et se jettent sur l'affaire comme des chiens sur un os.

A deux heures quarante-cinq du matin, dans un central téléphonique, une jeune standardiste voit une lampe s'allumer sur son tableau, enfonce sa fiche et dit :

« J'écoute... »

Puis, soudain, elle est comme fascinée par le numéro de téléphone collé devant ses yeux.

« C'est l'hôtel Splendid ça ! » murmure-t-elle au surveillant en obstruant son microphone de la paume de sa main.

Pendant que le surveillant alerte la police et que les détecteurs se mettent au travail, la jeune employée demande à son correspondant :

« Quel est votre numéro, s'il vous plaît ? »

Et pour retarder encore un peu, elle répète :

« Je vous demande pardon ? quel numéro demandez-vous ? »

Puis elle passe la communication. C'est bien entendu l'un des ravisseurs qui indique au petit public relations l'endroit où il doit déposer la rançon : sur la plage, près du vieux moulin à vent du Golden Gate Park, à huit heures du matin.

Le petit public relations, pour essayer de

gagner du temps, demande des nouvelles des enfants. Mais le kidnappeur raccroche sans répondre.

« Rappelez-le vite ! » hurle le surveillant du central, espérant gagner encore du temps.

La fiche est toujours branchées. La téléphoniste rappelle et, chose stupéfiante, le correspondant décroche.

« Un instant, s'il vous plaît, il y a une surtaxe », dit-elle.

Soudain, elle entend un bruit de lutte et une voix essoufflée qui lui dit :

« Ici police ! Passez-moi la direction de la brigade ! Vite ! »

Par une chance extraordinaire, l'une des voitures de police sillonnant le quartier venait d'être avertie que l'un des ravisseurs était en train de téléphoner à l'hôtel Splendid. Le conducteur a vu un homme qui s'apprêtait à sortir d'une cabine téléphonique. Le temps de s'arrêter et de courir vers lui, l'inconnu aurait sans doute eu le temps de s'enfuir. Mais la sonnerie a retenti de nouveau dans la cabine et l'homme, machinalement, y est retourné pour décrocher l'appareil. C'était l'un des kidnappeurs.

Les autres, arrêtés quelques instants plus tard, sont rapidement inculpés. Il s'agirait d'anciens détectives en mal d'argent et en mal de crimes apparemment. Ils furent condamnés à perpétuité.

L'affaire n'eut dans la presse qu'un retentissement éphémère et restreint puisque, lorsque les journaux en parlèrent enfin, tout était fini, les enfants sains et saufs, ainsi que la jeune femme.

« A quel prix ! » a conclu le capitaine Irish, qui lui ne comptait pas en billets, même usagés.

IL FAUT SAVOIR OUBLIER SES AMIS

La voiture s'est arrêtée sur la route du bord de mer, la nuit, aux environs de Singapour. L'endroit est absolument désert, et personne n'entend les éclats de voix qui jaillissent des vitres baissées. Personne ne voit la jeune femme en robe légère, qui descend et se met à marcher d'un pas furieux sur le bas-côté. Personne ne voit l'ombre du conducteur sortir à son tour. Il porte un uniforme de sous-officier de l'armée britannique. Personne ne le voit courir après la jeune femme, la rattraper, saisir son cou entre ses mains. Personne ne voit la femme, qui s'est débattue longtemps, glisser sur le sol. Personne enfin pour voir le soldat jeter le cadavre à la mer.

Il n'y aura donc personne pour témoigner de ce premier épisode.

Mais, un jour, la gracieuse Mme Eleonore

Winkler rencontre l'un des chefs de la division de police d'Interpol en mission à New York. Et, le plus innocemment du monde, elle lance la machinerie de l'une des plus extraordinaires affaires qu'ait eu à résoudre l'Organisation internationale de police criminelle. Elle dit en regardant le policier de ses yeux verts :

« J'ai eu autrefois une petite amie. J'aimerais savoir ce qu'elle est devenue. Il paraît qu'elle s'est mariée et qu'elle habite à Singapour. Est-ce qu'Interpol pourrait la retrouver ? »

Interpol, bien entendu, ne peut donner suite qu'à une demande formulée par une police officielle et non à titre privé. Mais Eleonore est si jolie. Des yeux qui regardent tout droit, un regard si pénétrant que le policier reçoit un picotement quelque part du côté du cervelet. Le sourire franc de la jeune femme découvre des dents blanches et enfantines, et, comme il tarde à lui répondre, son visage s'attriste, se fige en un douloureux profil de fausse madone. Alors, le superintendant cède :

« C'est bon, madame Winkler. A titre purement privé, je vais essayer de vous rendre ce petit service. Donnez-moi ses coordonnées, je la retrouverai en m'adressant à quelques amis.

— Merci. Oh ! merci. Elle s'appelle Lilian. Lilian Simfort, mais c'était son nom de jeune fille. Et si elle est mariée... »

A Singapour, quelques jours plus tard, un moustachu et grand policier de noir vêtu téléphone dans le hall de l'hôtel Hilton. Une voix claire et décidée lui répond :

« Ici chambre 222. Je vous écoute.

— Je suis envoyé à titre tout à fait privé par un ami d'Interpol. Il s'agit d'une démarche sans importance. Est-ce que je pourrais vous rencontrer ?

— Mais bien sûr. D'ailleurs, je descendais. Attendez-moi dans le hall. J'ai une robe de soie grise. »

Quelques secondes plus tard, la porte de l'un des ascenseurs s'écarte devant une splendide créature aux yeux bleus. Les cheveux blonds de cette grande fille énergique semblent ruisseler sur un corps altier, dont la souplesse est soulignée par le fourreau de la robe de soie grise.

« Madame Lilian Simfort ?

— C'est moi. Enfin, depuis mon mariage, je m'appelle Lilian Wilson. »

Le brave envoyé d'Interpol, vaguement impressionné par la prestance et la beauté de la jeune femme, lui explique la raison de sa visite : une amie d'enfance habitant New York la recherche.

« Comment s'appelle-t-elle ? Non. Laissez-moi trouver. Je parie que c'est Eleonore.

— C'est bien elle.

— Mon Dieu ! Eleonore. Moi non plus, je ne l'ai pas oubliée, mais je ne me souvenais que de son prénom. Qu'est-ce qu'elle est devenue ? »

Le policier répond qu'il n'en sait rien. Il ne la connaît pas personnellement. Tout ce qu'il sait, c'est qu'on lui a demandé de retrouver une certaine Lilian pour lui communiquer l'adresse de son amie Eleonore Winkler. Bien entendu, il ne communiquera cette adresse que si elle y consent...

« Bien sûr que j'y consens ! D'ailleurs, je lui écrirai dès ce soir. »

Démarches de routine, conversations banales, échanges de lettres, anodines en apparence. Mais en réalité le drame couve.

Lilian a écrit, comme elle l'avait promis, à son amie Eleonore à New York. Elle lui a raconté comment elle a épousé un banquier, autoritaire et triste comme un bonnet de nuit, dont elle est séparée depuis deux ans, bien qu'ils aient deux enfants actuellement dans une pension de Singapour.

Eleonore répond sans méfiance, et, quelques semaines plus tard, nouvelle lettre venant de Singapour.

« Ma chérie, tu me demandes si les enfants ne me posent pas un problème dans cette séparation. Tu penses bien que oui. Mais il faut se connaître : depuis que j'ai quitté mon banquier, j'ai déjà connu deux grandes amours et beaucoup voyagé. Comme je me méfie de ma trop grande versatilité, et pour éviter que mon mari et ma belle-famille ne mettent le grappin sur les enfants, je crois avoir trouvé une solution. Tu te souviens de ma sœur Dany.

Tu ne l'as pas connue, mais je t'en parlais souvent. Je suis restée très liée avec elle. Elle a épousé un sous-officier de l'armée britannique. Il n'a pas inventé la poudre, mais il est beau comme un dieu et droit comme un I... Ils doivent retourner à Londres d'ici quelques jours. Comme ils ne peuvent pas avoir d'enfants et en souffrent beaucoup, j'ai pensé les leur confier. C'est un gros sacrifice pour moi, mais au moins je les saurai en sécurité. S'il le faut, je laisserai à Dany des papiers lui permettant de les adopter. Ils sont jolis comme des anges, et ils me ressemblent beaucoup, mais ils ressemblent aussi beaucoup à ma sœur, etc. »

A New York, un an plus tard, une vieille dame, amie d'Eleonore, lui parle d'un projet de voyage qu'elle doit faire avec son mari qui va les conduire à passer une semaine à Singapour.

« A Singapour ?... J'y ai ma meilleure amie d'enfance. Vous pourriez peut-être aller la voir ? »

A son retour de voyage, la vieille dame fait son rapport :

« Je n'ai pas pu voir votre amie, car elle était absente. Mais nous avons eu l'occasion de rencontrer son ex-mari. Il nous a dit qu'elle était à Londres. D'ailleurs, ils sont séparés depuis deux ans. Elle vient quelquefois à Singapour, paraît-il, mais il ne l'a jamais revue. Si on le croit, c'est elle qui l'a quittée, mais il n'en parle pas avec les meilleurs termes.

— Et comment est-il cet homme ?

— Délicieux, absolument délicieux. »

Eleonore commence à ressentir une impression bizarre. Un sentiment de gêne profonde qu'elle serait bien en peine d'expliquer.

L'année suivante, la charmante Eleonore précipite le cours des événements en envoyant la petite lettre suivante :

« Ma chère Lilian, je dois faire un voyage à Londres. J'aimerais y rencontrer ta sœur Dany et, surtout, je serais très heureuse de pouvoir embrasser tes enfants. Veux-tu la prévenir et me donner son adresse ? »

Quelques jours plus tard, Dany Pauwels, la sœur de Lilian Wilson, reçoit chaleureusement Eleonore. Dans un petit mais très coquet appartement, non loin de Piccadilly Circus. Un quartier chic.

« La solde de mon mari n'est pas énorme, explique Dany, mais je suis représentante en parfumerie et ça marche bien. »

Les deux femmes ont tout de suite sympathisé. Elles ont encore l'âge où la beauté s'affirme avec le temps. Chez Dany, le style sportif l'a quelque peu emporté sur les grâces de la jeune fille, mais quelle allure ! Quel caractère !

« Et les enfants ?

— Je les ai définitivement adoptés. Si vous voulez, nous irons les chercher tout à l'heure à la crèche. »

Lorsque Eleonore voit les enfants sauter au cou de Dany, elle ressent un petit choc. Le garçon a cinq ans et la fille trois ans et demi... Ils sont le portrait craché de Dany, et elle envie la jeune femme : quelle chance d'avoir pu adopter d'aussi beaux enfants et qui semblent l'aimer comme si elle était leur mère depuis toujours.

Tandis que Dany prépare le dîner, Eleonore joue avec eux.

Lorsqu'elle leur demande s'ils ont des nouvelles de leur maman, les enfants la regardent, étonnés.

« Je veux parler de votre maman qui est à Singapour.

— Mais nous n'avons qu'une maman ! » répond l'aînée avec indignation.

Eleonore a l'impression d'avoir fait une gaffe. Ce que lui confirme d'ailleurs gentiment Dany quelques instants plus tard.

« Il ne faut plus leur parler de leur mère. Ce n'est pas bon pour eux. Nous avons longuement discuté avec ma sœur. Ils n'ont qu'une mère, c'est moi. Ma sœur Lilian, c'est leur tante. »

Quelques instants plus tard, Eleonore ne peut toujours pas s'empêcher de poser une question :

« Excusez-moi, ma chère, de vous poser cette question, mais est-ce que vous n'auriez pas un problème avec Lilian ? Avouez qu'il est étrange qu'elle vous ait permis d'adopter ses enfants et que vous ayez toutes les deux convenu de ne pas leur parler d'elle. Tout se passe comme si on la cachait. Si vous ne voulez rien me dire ne me dites rien, mais, si ça vous soulage, n'hésitez pas à m'en parler. Qu'elle soit malade, folle ou prostituée, c'était mon amie.

— Qu'est-ce que vous allez imaginer ! Ma sœur est en parfaite santé et mène une vie décente ! »

Dany a répondu d'un ton péremptoire, et son mari Red n'a rien ajouté. D'ailleurs, il ne parle guère ce brave lieutenant de l'armée. Comme l'écrivait Lilian, « il ne semble pas avoir inventé la poudre, mais il est beau comme un dieu et droit comme un I ». Mis à part cette différence de niveau intellectuel, ils forment avec Dany un très beau couple et, si l'on y ajoute les enfants, une très belle famille.

Mais pourquoi Red regarde-t-il Eleonore avec tant d'insistance ? Une telle insistance que celle-ci se sent mal à l'aise, et dont le résultat ne se fait pas attendre. Après le dîner, alors que Red et Dany sont un instant seuls dans la cuisine, elle comprend qu'ils ont engagé à voix très basse une âpre discussion. Eleonore pense : « Ça y est, elle lui fait une scène de jalousie. »

A la fin de la soirée, Red exige d'accompagner la jeune femme jusqu'à la station de taxis, sous le prétexte que, la nuit, les rues ne sont pas sûres.

« Eleonore, il faut que je vous voie, dit-il dans l'ascenseur.

— Mais nous venons de nous voir, et je pars demain.

— J'ai quelque chose d'important à vous dire.

— Ah ! Je reviendrai demain matin si vous voulez. Mon avion est à onze heures...

— Non. Il faut que nous soyons seuls. Seriez-vous libre vers huit heures ?

— Si tôt ? C'est urgent ?

— Oui. Je vous attendrai dans ma voiture devant votre hôtel. D'accord ? »

La jeune femme, prise de court, questionne :

« Ce n'est pas pour me faire une déclaration ?

— Non.

— Alors, d'accord. »

Eleonore va réfléchir à tout cela une bonne partie de la nuit. Peut-elle accepter cette conversation secrète en tête-à-tête ? Qu'est-ce que ce garçon peut avoir à lui dire qui ne puisse être entendu par sa femme ? C'est cousu de fil blanc. Elle sait qu'elle est jolie. Elle a l'habitude des coups de foudre et des déclarations. Il n'a pas cessé de la dévisager pendant toute la soirée. Il y a eu cette scène de jalousie à la cuisine. C'est vrai que ce garçon est beau comme un astre, mais elle ne peut pas faire ça à la sœur de son amie...

Ce qu'elle ne devine pas, bien entendu, c'est

que le lendemain matin, lorsque Red l'attend dans sa voiture devant l'hôtel, il a un revolver dans sa boîte à gants.

A neuf heures trente, il comprend qu'Eleonore ne viendra pas. Il s'en va, à la fois contrarié et soulagé. Le revolver n'a pas servi : Eleonore vient peut-être de l'échapper belle...

De retour à New York, Eleonore écrit plusieurs fois à Singapour à son amie Lilian Wilson, qui lui répond toujours scrupuleusement, mais toutefois avec un décalage, généralement de plusieurs semaines.

L'année suivante, Eleonore a l'occasion de rencontrer le superintendant d'Interpol, et celui-ci lui demande si son amie Lilian lui a écrit.

« Oui, bien sûr, depuis trois ans, nous avons échangé de nombreuses lettres, mais...

— Mais quoi ? »

Cette fois, la jeune femme avoue presque en rougissant :

« Il semble qu'il y a un mystère dans sa vie. Elle a abandonné ses enfants, et je crois qu'elle a un problème avec sa sœur.

— Je vais téléphoner à un ami de Singapour. La curiosité est un vilain défaut, mais c'est aussi celui des policiers. Je vous rassurerai sûrement. »

En réalité, le superintendant ignore qu'il va mettre une fois de plus la vie d'Eleonore en danger.

Une semaine plus tard, à Singapour. Le

correspondant et ami personnel du superintendant est un chinois. Vêtu d'alpaga beige, dans son bureau climatisé, au troisième étage d'un building, il a convoqué une certaine Lilian Wilson. Celle-ci, qui était en voyage à Londres, vient lui rendre visite dès son retour.

Lilian est une grande fille blonde et resplendissante de santé, une énergique sportive aux yeux bleus. Et, on a beau être policier chinois et regarder entre des paupières mi-closes, il y a sous une robe aussi légère certains détails qui sautent aux yeux, sur lesquels le regard aime à s'appesantir. La fille doit être remarquablement bien faite.

Des quelques propos qu'ils échangent, le Chinois ne tire aucune conclusion originale, sinon que la jeune femme doit avoir une vie plutôt dissipée. Mais elle est si belle que cela n'a rien d'étonnant et que cela la regarde. Elle s'en va, laissant derrière elle un parfum musclé, et le Chinois note qu'un homme l'attendait sur le trottoir, un sous-officier de l'armée britannique. Il rédige son rapport.

Lettre d'Éléonore à Lilian Wilson :

« Ma chérie, j'ai l'intention d'aller à Singapour le mois prochain. Si tu ne pouvais pas y être, préviens-moi. »

Réponse :

« Inutile de venir à Singapour, ma chérie. Je compte aller à Londres. Nous pourrions nous retrouver chez ma sœur. Ce serait merveilleux. »

Eleonore ne comprend pas, bien entendu, que cette lettre est un piège mortel. Elle répond à son amie par un télégramme : « Serai à Londres mardi en quinze. Stop. Viendrai vous voir le soir même. Stop. »

Lundi soir. Éléonore décolle de l'aéroport John-Kennedy à New York et se pose à Londres vers huit heures du matin. Un taxi la conduit directement à l'hôtel où elle se repose.

Mardi matin. Au secrétariat général d'Interpol à Saint-Cloud, le superintendant réunit les éléments de la petite enquête qu'il a fait mener discrètement. Rien d'insolite dans la vie de Dany Pauwels, que l'armée britannique connaît comme la femme légitime du lieutenant Pauwels.

De son côté, Lilian Wilson mène une vie tout à fait normale en apparence. Elle répond aux convocations. Elle fréquente les amis qui la connaissent de longue date et reconnaît avoir renoncé à ses droits maternels pour que sa sœur puisse adopter ses enfants. Un détail, toutefois, fait dresser en accent circonflexe les sourcils du superintendant. Elle aussi vit actuellement avec un sergent de l'armée britannique, selon le rapport de son collègue chinois.

Mardi soir, dix-neuf heures trente. Dany Pauwels, resplendissante bien qu'un peu pâle, et Red, son mari, plein de prévenances, reçoivent Eleonore.

Celle-ci est surprise qu'aucun préparatif n'ait été fait pour le dîner.

« Pour mieux fêter l'événement, nous allons au restaurant, explique Red.

— Et Lilian ? demande Eleonore.

— Justement, nous avons rendez-vous avec elle au restaurant.

— Ce n'est pas loin ? » demande Eleonore tandis que Dany enfile déjà son manteau et que Red ouvre la porte.

La réponse est évasive :

« Non, non, pas très loin.

— Et les enfants ?

— Nous les avons donnés à garder. »

Sans comprendre pourquoi, Eleonore ressent soudain une peur panique.

« Pourquoi ne reste-t-on pas là ? Pourquoi ne faites-vous pas venir Lilian ? Où m'emmenez-vous ?

— Allons, venez, dit Red. Il le faut ! »

Pendant un instant, chacun d'eux a un regard gêné et sombre. Dany intervient :

« Allons, ma chérie, sois raisonnable. Ici, je n'ai rien à manger. »

Au moment même où ils sortent de l'immeuble, sous une pluie fine et glacée, pour traverser le trottoir et monter dans la voiture de Red, un homme en imperméable s'approche.

« Bonsoir, madame Wilson. »

Dany regarde Eleonore, puis l'homme, et répond, après une seconde d'hésitation :

« Bonsoir, monsieur.

— Votre sœur Dany Pauwels n'est pas avec vous ? »

Eleonore a un geste d'étonnement, mais Dany répond très vite :

« Non. Mais nous avons rendez-vous tous les trois avec elle au restaurant. »

L'homme les regarde tous trois longuement.

« C'est parfait. Je vous remercie. Je reviendrai demain matin. »

Et il fait demi-tour.

Red saisit Eleonore par le bras et lui dit d'une voix dure :

« Taisez-vous. Ne dites rien. »

Enfin Eleonore a compris ! Tandis que l'homme s'éloigne d'elle, elle crie :

« C'est pas vrai, monsieur ! C'est pas vrai ! Elle ment ! »

L'homme se retourne en faisant un geste du bras... D'une voiture garée à quelques pas jaillissent trois policiers en civil. Le mystère est dévoilé.

Le policier en imperméable, chargé d'identifier les deux sœurs, Lilian et Dany, s'était présenté dans l'après-midi même à l'adresse où Lilian était censée séjourner à Londres, c'est-à-dire chez sa sœur Dany Pauwels. C'est Lilian qui l'a reçu en lui montrant ses papiers en bonne et due forme. Quant à Dany, elle n'était pas là. Voilà pourquoi il avait décidé de revenir le soir. Mais, cette fois, Dany était bien obligée de mentir devant son amie Eleonore, puisque Lilian et Dany ne sont qu'une seule et même personne. A l'origine, un crime parfait dont Red fait l'aveu dans la nuit même. Il a assassiné sa femme Dany, il y a six ans, à Singapour. Après l'avoir étranglée, il a jeté son cadavre à la mer.

Il explique ensuite pourquoi personne n'avait suspecté le meurtre. Tout simplement parce qu'il n'y avait pas de disparition : Lilian, la sœur de Dany, ayant pris son passeport et son mari.

Lilian Wilson, qui parle sans aucune émotion, explique comment les choses se sont passées.

« Je jouais les deux rôles, celui de la sœur et celui de la femme. Pour l'armée, j'étais la femme. Lorsque nous voyions mes amis, j'étais la sœur. Au début, j'ai dû me séparer de mon mari et de mes enfants, et j'utilisais le nom de ma sœur quand je sortais avec Red. Puis nous sommes venus à Londres pour mettre fin à cette comédie. »

Cependant, Lilian Wilson devait récupérer ses propres enfants avec beaucoup d'astuce. Elle se rendit à Singapour avec une perruque qui la rendait méconnaissable. Elle avait elle-même signé, en tant que Lilian Wilson, les papiers par lesquels elle renonçait à ses enfants en faveur de sa sœur. Jouant le rôle de

Dany, Lilian adopta ainsi ses propres enfants sous le nom de sa sœur.

Red et Lilian affirmèrent qu'ils n'avaient pas l'intention de tuer Eleonore, mais ils ne pouvaient pas continuer à faire la navette entre Londres et Singapour, et elle allait immanquablement découvrir le pot aux roses ; ils voulaient lui révéler la vérité et la convaincre à tout prix de n'en rien dire.

Toutefois, le tribunal d'Old Bailey, dans sa décision, tint compte qu'il y avait un revolver dans la boîte à gants de la voiture qui devait, soi-disant, les conduire dans un restaurant où aucune table n'était réservée, et où jamais personne ne mange avec un revolver à la main en guise de fourchette.

L'HOMME DE LA MONTAGNE

LES six enfants de la famille Bredfort se sont arrêtés sur la route, terrifiés : un grand bruit vient de se faire entendre sur les pentes, comme si l'on courait dans les taillis. Mais ce n'est pas une vache ou un veau égaré, car une voix d'homme a crié :

« Halte ! Arrêtez-vous ! »

Les feuillages des arbustes s'agitent. Les enfants se sont instinctivement resserrés l'un contre l'autre, prêts à s'enfuir. Alors, la voix d'homme crie encore :

« Non ! Ne bougez pas. »

Ceci se passe un matin du printemps 1966, au cœur des montagnes Rocheuses, dans l'un des plus beaux paysages du monde, sur une piste poussiéreuse qui serpente entre la rivière et la frontière canadienne.

« Pas d'histoires ! » dit l'homme qui surgit en pointant son fusil vers les enfants.

Il porte des bottes de caoutchouc, des lunettes de soleil et un masque noir. « C'est l'homme de la montagne », pensent les gosses... « C'est sûrement l'homme de la montagne... »

La main de l'homme s'avance, et les enfants s'écartent devant elle ; alors, d'un mouvement rapide, presque rageur, il saisit le poignet de Peggy, la fille aînée des Bredfort, une jolie brune de dix-sept ans qui laisse tomber sur le sol ses cahiers et ses livres d'écolière.

Jimmy, qui a seize ans, esquisse un geste pour la retenir, mais l'homme répète :

« Pas d'histoires, les enfants ! »

Puis, tenant son fusil d'une main et de l'autre tirant Peggy qui se débat, il disparaît dans le sous-bois.

Les cinq frères et sœurs Bredfort, voyant disparaître leur aînée entraînée par l'homme de la montagne, restent saisis de peur et de honte pour n'avoir pas su la retenir. Après quelques secondes, l'aîné Jimmy se met à courir jusqu'au chemin forestier qui conduit à la maison de ses parents. Il arrive dans la grande maison de bois, en sueur et hors d'haleine. Son père est à l'écurie.

« Papa, l'homme de la montagne a emmené Peggy ! »

Le père ne demande aucune explication. Il laisse tomber les chevaux et court chercher son fusil. De là, il bondit à sa voiture pour descendre à toute allure, dans un nuage de poussière, jusqu'à la piste où il se doute que le drame a dû se produire. Il croise ses quatre autres gosses qui lui crient :

« C'est par là, papa... C'est par là qu'il est parti... »

Mais il n'y a plus rien sur la piste, ni dans les buissons. Rien que les livres et les cahiers abandonnés par les enfants affolés. Aucun doute pour ce pauvre Bredfort qui reprend son souffle en s'appuyant sur le capot de sa voiture. Aucun doute, cet enlèvement est à mettre au compte de l'homme de la montagne. Il lève la tête et regarde les innombrables sommets qui l'entourent. Où aller ? Où chercher ? Ce sont les montagnes les plus sauvages du continent nord-américain. Le pauvre père court prévenir la police.

Le kidnapping est le crime le plus grave aux États-Unis, et, comme tel, il requiert immédiatement la participation du F.B.I. Celui-ci délègue dans ce village perdu l'un de ses meilleurs agents disponibles : Gary Merson.

C'est un grand gaillard, vraiment grand et flegmatique, aux cheveux noirs si soigneusement rangés qu'on les dirait gominés, tels ceux de Gary Cooper dans les années 30. Il arrête sa voiture devant le bureau du shérif. Le village est quasiment désert : il a déjà croisé tous les policiers du district et les troupes de la garde nationale qui se sont mis en route pour battre les montagnes. Une véritable petite armée circule en tous sens, dans l'aboiement des chiens policiers et le ronflement des hélicoptères.

Gary Merson sort de sa voiture, se déplie comme un grand échalas et avise un vieux cow-boy assis sur le bord d'une fontaine :

« Vous croyez qu'ils ont une chance ?

— De l'attraper ?

— Oui.

— Aucune.

— Ils sont nombreux, pourtant.

— Ouais, mais ils sont cons. »

Et le vieux cow-boy fait un geste dégoûté de la tête et de la main. Pourtant, ils sont nombreux, c'est vrai... Des centaines de civils armés se sont levés comme un seul homme pour gagner les forêts de sapins désertes, les canyons secrets, les sommets inaccessibles.

De temps en temps, on entend un coup de feu, car ils tirent sur tout ce qui bouge. Même les boy-scouts, les touristes et les camarades de classe de Peggy prennent part à cette chasse gigantesque, aussi désordonnée qu'inutile. De sorte que, pour débuter son enquête, le grand agent du F.B.I. n'a rien à se mettre sous la dent que le vieux cow-boy.

« Vous croyez que c'est un kidnapping pour une demande de rançon ? »

Le vieux cow-boy hausse les épaules :

« Le père de la gamine a pas un rond. La ferme, c'est pas à lui... Et puis une rançon, pour quoi faire ? Ce type qui a enlevé Peggy, qu'est-ce que vous voulez qu'y fasse de c't'argent dans la montagne ? »

Car le vieux cow-boy partage l'opinion des

fermiers et de la police locale : l'enlèvement de Peggy ne peut être le fait que de l'homme de la montagne.

« Qui c'est ?

— C'est un type qu'on connaît pas. Un étranger qui terrorise la région depuis deux ans. Une douzaine de fois, au moins, des gars ont entendu des balles, venues des bois, siffler à leurs oreilles ou frapper leurs bagnoles lorsqu'y passaient à toute allure. Y a même quelques fermiers qu'ont été blessés par des coups tirés de nulle part. Quand le type rôdait la nuit autour des maisons.

— Les gens d'ici n'ont jamais essayé de l'attraper ?

— Bof ! Non. Y s' sont habitués. C'est pas plus dangereux qu' les ours.

— Mais vous l'avez vu ? Comment est-il ?

— Nous, on l'a jamais vu... Y a que Christine Devinery qui l'a vu... Vous aurez qu'à lui d'mander... »

Le grand échalas du F.B.I. voudrait bien en savoir plus, mais le vieux cow-boy a assez parlé. Il se lève péniblement et s'en va. Point trop n'en faut, a-t-il l'air de dire, que le flic se débrouille puisqu'il est là pour ça.

La gigantesque battue n'a rien donné, et l'excitation des villageois a fait place à une fureur sombre et rentrée. Ils ont repris leur travail, les dents serrées. Tandis que la mère de Peggy court de maison en maison pour essayer de réveiller leur combativité, le père, lui, ne quitte plus le grand échalas du F.B.I. Il a compris qu'il est la seule chance de retrouver Peggy rapidement.

Pour le moment, Gary Merson interroge Christine Devinery dans le bureau du shérif. Christine, qui a aujourd'hui vingt-cinq ans, est institutrice. C'est une jeune femme resplendissante de santé et tout à fait appétissante. Elle avait vingt-trois ans lorsqu'une nuit d'août 1964 elle entendit une vitre de sa porte se briser.

« Quand je me suis approchée de la porte pour voir ce qui se passait, j'ai entendu une détonation dans la nuit, à quelques pas de la maison. J'ai regardé ma main gauche où j'avais senti un picotement, et j'ai vu quelle saignait. J'étais complètement désorientée. Je savais que j'étais seule dans la maison, mes parents étant restés en ville cette nuit-là. Le temps que je reprenne mes esprits, et un homme est entré brutalement dans la cuisine.

— Comment était-il ?

— Ni grand, ni petit, du genre plutôt insignifiant, vêtu très simplement avec un jean usé et un sweat-shirt rapiécé où j'ai lu Ville Marie. Je ne lui donnerais pas d'âge. Disons une quarantaine d'années. Il était convenablement rasé. Il me fixait intensément avec des yeux gris que je n'oublierai jamais. »

Comme la jeune femme semble revivre la scène, oubliant presque la présence du policier, celui-ci lui demande :

« Et après, qu'est-ce qui s'est passé ?

— Il s'est approché de moi, lentement, et moi je reculais. J'avais compris qu'il voulait me violer.

— Et alors ?

— Et alors, tout à coup, il a vu ma main qui saignait. Il m'a dit : « Mais je vous ai blessée. » Il a regardé autour de lui. Il a pris un tablier de ma mère qui était accrochée au mur. Il en a déchiré un morceau pour faire une bande : « Donnez-moi votre main... » Il a nettoyé la plaie, qui n'était pas importante, puis il m'a soigneusement pansée.

— Et ensuite ?

— Et ensuite, il m'a obligée à retourner dans ma chambre. Et il a voulu me violer.

— Il a « voulu »... Qu'est-ce que vous voulez dire par là ?

— Eh bien, je veux dire qu'il n'a pas pu. Je ne sais pas si c'était à cause des circonstances ou si c'est chez lui un état chronique, mais il était impuissant. Au début, j'ai eu peur, vous vous en doutez. Après, j'avais plutôt pitié. Surtout qu'il s'est mis à pleurer... Enfin, il a repris son fusil. Il est reparti dans la nuit sans un mot d'explication. »

Le grand échalas du F.B.I. croit pouvoir donner quelque espoir aux parents de la pauvre Peggy. De ce dernier témoignage, on peut déduire que l'homme, qui de toute évidence a des problèmes, n'est pas un sadique, tuant ou faisant souffrir par plaisir. Autre chose a frappé Gary Merson : ce tee-shirt portant l'inscription Ville Marie. C'est une expression française ou du moins de langue française. Il est bizarre de trouver un objet semblable dans une région rocheuse.

Il se renseigne et apprend que Ville Marie, ce sont des grands magasins situés sur une place célèbre à Montréal, au Canada.

Sur ce, le quatrième jour de son enquête, le grand échalas du F.B.I. recueille le premier indice vraiment valable : de l'autre côté de la montagne, à près de 30 miles, vit un ermite silencieux du nom de William Stratum. Il habite une hutte dans la montagne et descend une dizaine de fois dans l'année à vélo jusqu'au plus proche village.

Tout le monde dans la région éloignée le considère comme inoffensif. Personne ne l'a jamais vu revêtir un tee-shirt portant l'inscription Ville Marie et n'a jamais fait attention à la couleur de ses yeux.

Le F.B.I. contacte alors directement la police montée canadienne, au cas où elle aurait eu connaissance d'un certain William Stratum ayant séjourné à Montréal.

« Oui. William Stratum a séjourné à Montréal dans les années 60. Il a été arrêté pour vol et condamné à trois mois de prison. Il a disparu à l'issue de cette incarcération. »

Comme il possédait, à l'époque, un passeport hollandais, la police montée canadienne consulte Interpol, ce qu'elle n'avait pas fait à l'époque. Interpol fournit des renseignements complémentaires qui font dresser les cheveux sur la tête des services d'immigration.

« William Stratum est né à La Haye en 1922. Il a quitté la Hollande en 1958, après avoir subi plusieurs condamnations : bref, c'est un homme de quarante-quatre ans ayant vécu six ans en prison et treize ans dans un asile psychiatrique hollandais comme « faible d'esprit à tendance criminelle », qui a réussi à pénétrer frauduleusement au Canada. »

Fort de ces renseignements, le grand échalas du F.B.I., convaincu que William Stratum et l'homme de la montagne ne font qu'un et qu'il est le kidnappeur de la petite Peggy Bredfort, décide cette fois de passer à l'action. A l'aube du septième jour de son enquête, après une épuisante marche nocturne, il encercle donc sa hutte avec une vingtaine d'hommes armés et trois chiens policiers. Il fait signe à ses hommes de rester à l'abri des fourrés et de le couvrir, tandis qu'il s'avance, accompagné du shérif, vers la porte de la misérable baraque en rondins où rien ne bouge : pas une lueur, même pas un filet de fumée sur le toit. Il tend l'oreille. Pas un bruit.

Au moment où les deux hommes s'aplatissent contre le mur, chacun d'un côté de la porte, trois coups de feu éclatent, venus de l'épaisseur de la forêt, et le shérif s'écroule.

Le grand agent du F.B.I. se penche vers le shérif et constate qu'il est blessé au ventre. Ce genre de blessure est généralement grave. Or, la situation est complètement renversée, l'homme, qui se méfiait, n'est pas dans sa hutte et les observe de quelque part. Il faut battre en retraite et conduire le shérif à l'hôpital.

Durant toute la journée, Gary Merson est assailli par le père de Peggy en larmes, blanc comme un mort, qui veut à tout prix avoir des nouvelles de sa fille.

« Vous ne l'avez pas vue ? Vous ne me cachez rien ? Vous ne l'avez vraiment pas vue ? »

La mère, hors d'elle, le couvre d'injures :

« Vous êtes des salauds, vous êtes des lâches, vous êtes partis sans rien faire. »

Comme Gery Merson lui explique que rien ne prouve que la jeune fille soit avec William Stratum, on a toutes les peines du monde à la retenir, hirsute et hurlante, d'aller à la cabane de l'homme de la montagne.

Le matin suivant, le huitième après l'enlèvement de Peggy, une pluie violente, incessante, crépite sur les arbres, mouille les troncs et gonfle les torrents. C'est dans un véritable bourbier que six cent soixante-quinze soldats et policiers venus à la rescousse livrent assaut à la montagne.

En voiture, afin de ne pas perdre le contact radio, Gary Merson tente de se rapprocher le plus près possible de la cachette du fugitif. Lorsqu'il croit avoir atteint le point ultime du chemin carrossable, il sort de sa voiture, et deux coups de feu sifflent alors à ses oreilles, tirés de quelques mètres. Il n'a pas le temps de sortir son revolver que l'homme de la montagne appuie son fusil sur sa poitrine.

Et Peggy est avec lui. Il la tient en laisse. Il lui a passé un collier de chien autour du cou, d'où part une lourde laisse en métal qu'il a accrochée à sa ceinture. Apparemment, la jeune fille n'a rien. Sa jolie petite frimousse est pâle, les traits tirés. Elle ne dit pas un mot, sa petite robe est ruisselante de pluie. Mais elle n'a rien. Quant à l'homme, ruisselant aussi, il est barbu jusqu'aux yeux, des yeux gris qui ne laissent aucun choix au grand agent du F.B.I. que celui d'obéir, lorsque le barbu ordonne :

« Vous allez nous conduire en bas. Jusqu'à l'autoroute. Et vite. »

Après avoir désarmé Gary Merson, l'homme de la montagne, de son vrai nom William Stratum, le fait asseoir dans la voiture et monte derrière lui, avec Peggy qu'il oblige à s'aplatir sur la banquette arrière. Il se dissimule aussi et ne laisse passer que le canon de son fusil pour menacer le conducteur. Ils font ainsi quelques centaines de mètres, soulevant des gerbes de pluie.

« Ça va ? demande Gary à la petite Peggy qu'il ne voit pas, mais qu'il sait derrière lui.

— Ça va, monsieur, répond la jeune fille d'une petite voix angoissée.

— Vous n'avez rien ?

— Non, monsieur.

— Il ne vous a rien fait ?

— Non, monsieur. Il m'a bien traitée. »

Une secousse un peu plus forte, il devine que la jeune fille a glissé de son siège.

« Pas de mal ?

— Non, monsieur, pas de mal.

— Il n'a pas essayé de vous violenter ?

— Non, monsieur. Il m'a parlé d'amour, mais il ne m'a pas touchée.

— Vous avez faim ?

— Non. Dans la journée, il me nourrissait de conserves. Et il me promenait attachée avec cette laisse, comme un chien.

— Et la nuit ?

— La nuit, quand il dormait, il m'attachait à un arbre. »

Cette fois, le grand agent du F.B.I. s'adresse à William Stratum :

« Mais bon Dieu, alors, qu'est-ce que vous lui vouliez ? »

L'homme des montagnes ne répond pas. Mais la jeune Peggy répond à sa place.

« Il ne m'a jamais dit exactement ce qu'il voulait. Une seule fois, il m'a raconté qu'il était malheureux de la solitude. Et qu'il avait besoin de la présence d'un être humain. Quelqu'un pour pouvoir parler. »

Lorsque la voiture a parcouru à peu près deux kilomètres, Gary Merson est obligé de s'arrêter, car la piste est barrée par une clôture de bétail fermée.

« Va ouvrir », dit l'homme de la montagne.

Le grand échalas du F.B.I. se déplie lentement hors de la voiture, jette un regard autour de lui, voit bouger les branchages et se jette à plat ventre en criant :

« Ne tirez pas, ne tirez pas ! »

Mais l'homme de la montagne a compris... Il a été roulé. Gary Merson avait branché sa radio. Les policiers ont suivi sa conversation avec Peggy et viennent lui tendre une embuscade. Il bondit de la voiture, tirant derrière lui Peggy, et au passage, à bout portant, décharge son fusil sur le grand échalas du F.B.I. qui ne méritait pas ça.

Quelques minutes plus tard, on emmènera son grand cadavre et celui tout à fait insignifiant de William Stratum, l'homme de la montagne. C'est une histoire bête où personne n'aurait dû mourir.

UN SQUELETTE SUR LES BRAS

LE 18 juin 1924, un amateur d'excursions grimpe vers le sommet d'une haute colline des Ardennes luxembourgeoises. Il essaie de trouver des fleurs propres à la région. Son but est donc tout à fait écologique. Mais, à la place de fleurs, il découvre dans un petit ravin un ravissant squelette que les corbeaux et les insectes ont parfaitement nettoyé.

Les policiers de la région, si on les écoutait, laisseraient traîner ce squelette jusqu'à complète disparition. Un squelette, après tout, ce n'est plus un être humain. Et Dieu seul sait de quand il date, de Vercingétorix, peut-être. Alors, ce n'est plus l'affaire de la police. C'est de l'histoire, voire de la préhistoire.

Par bonheur, un commissaire de la ville de Luxembourg se trouve là, par hasard, lui aussi en excursion, et il estime que le squelette n'est pas si vieux qu'il en a l'air. Il obtient, au grand soulagement d'ailleurs de la police locale, que l'enquête lui soit confiée.

Après quelques photographies pour relever la position du squelette et son environnement, voici donc la macabre découverte religieusement descendue par quelques gendarmes dans la bourgade la plus proche, au milieu des paysans curieux et goguenards.

Mais, quand le commissaire se trouve seul dans une petite pièce de la mairie, face à face avec son squelette, il se trouve bien embarrassé. A présent qu'il a un squelette sur les bras, que va-t-il en faire ? Pas de vêtements, pas de bijoux, pas la moindre dent en or qui permette de l'identifier. Et rien ne ressemble plus à une tête de mort qu'une autre tête de mort ! Le policier consciencieux se demande alors s'il ne s'est pas chargé d'une tâche sinon inutile, du moins impossible. Mais, toujours consciencieux, il s'adresse à Interpol.

Quelques jours plus tard, le secrétariat général d'Interpol lui propose le concours d'un spécialiste retraité. Il s'agit d'un Anglais qui, avant d'entrer dans la police, a étudié la paléontologie et s'est passionné pour la reconstitution des squelettes d'animaux disparus. Il prétend qu'une étude sérieuse de la structure osseuse permet de déterminer les caractères généraux de l'espèce animale et le rapport existant entre les os et les chairs. Si on l'en croit, il est possible, à partir d'un squelette humain, de reconstituer complètement sa forme vivante et même les traits de son visage. Ce spécialiste, c'est M. David Wallace.

En attendant l'arrivée de ce M. Wallace, le consciencieux commissaire luxembourgeois ne reste pas les deux pieds dans le même sabot. Il bat la forêt et escalade la colline où le squelette a été découvert. Près du sommet, il découvre une grotte qui domine la région.

L'endroit est difficile d'accès. Il faut se glisser en biais par une faille étroite qui domine un petit précipice, et l'ouverture en est pratiquement invisible. Mais, dans la grotte, des litières plus ou moins fanées d'herbes et de branchages laissent deviner qu'elle est quelquefois un terrain idéal pour des ébats amoureux.

Combien de femmes — et depuis combien de décennies, combien de siècles — ont dû se glisser dans cet endroit secret pour y rencontrer combien d'hommes ?

A tout hasard, le commissaire relève dans la grotte, et tout autour, des empreintes de pas, plusieurs empreintes de pas différentes. Près de la grotte, il trouve une longue perche de bois au bout de laquelle est accroché un morceau de toile blanche. Or, depuis cet endroit, on aperçoit deux ou trois villages et l'immense bâtisse d'un sanatorium. L'idée vient au commissaire que ce morceau de toile blanche devait servir de signal pour communiquer avec des habitants du village ou du sanatorium.

Il est possible qu'un habitant de la région, connaissant cette grotte, avait coutume d'organiser de cette façon des rendez-vous avec des femmes. Il y a donc peut-être un rapport entre cette grotte et la découverte du squelette. C'est une hypothèse audacieuse mais non stupide. Si elle était retenue, cette hypothèse indiquerait que le squelette n'est pas si vieux, car la toile blanche du signal, d'ailleurs plus très blanche, n'a pas plus de quelques années.

« Le chiffon blanc là-haut ?... Ouais... Ouais... On l'a remarqué, répondent les paysans.

— Depuis combien de temps ?

— Oh ! Ben ça... Ça fait un bout d' temps déjà. Peut-être une année, peut-être deux.

— A votre avis, à quoi il sert ?

— Ben quoi. C'est un signal. »

Et les paysans de cligner de l'œil d'un air entendu. Par ailleurs, dans les villages de la région, personne n'a disparu depuis deux ans. Ni femme ni homme. Et dans le sanatorium, par définition, les gens ne font que passer. Soit qu'ils en sortent guéris, soit les pieds devant. De même, parmi le personnel hospitalier, la rotation est si rapide qu'il est difficile de savoir exactement qui est parti, quand et pour aller où. C'est à ce moment de l'enquête qu'apparaît alors le dénommé David Wallace, spécialiste des os de son état.

C'est un grand bonhomme maigre, flegmatique, avec une moustache où ne pendent plus que quelques poils gris comme ses cheveux, et qui baisse la tête en regardant les gens de ses yeux bleus au-dessus de lunettes cerclées d'or.

Avec la sûreté d'un jugement tranquille, David Wallace mesure le squelette :

« 5 pieds, 6 pouces, dit-il.

— Ce n'est pas si grand, remarque le commissaire. Ce pourrait donc être une femme...

— Bien sûr que c'est une femme. Et elle avait moins de trente ans !

— A quoi voyez-vous ça ?

— Ça se voit du premier coup d'œil à la forme des os et à leur âge.

— Et à votre avis, depuis combien de temps ce squelette était-il dans la colline ?

— Si j'en crois la blancheur des os, le cadavre devait se trouver là-haut depuis six mois, et même davantage. »

David Wallace se met alors à palper la colonne vertébrale qui fait entendre un craquement. Il remarque :

« Tiens. Elle avait une déviation de la colonne vertébrale. Cela devait diminuer sa taille. Et puis, un squelette, lorsqu'il porte sa chair, a tendance à se tasser. Je rectifie donc ma première estimation. Cette femme devait mesurer environ cinq pieds et peser une cinquantaine de kilos.

— Est-ce qu'il vous manque quelque chose ? demande le commissaire.

— Pour faire un portrait ressemblant, il aurait fallu que je connaisse la couleur de ses cheveux. Il doit être possible de les retrouver.

— Comment ça ?

— Ils sont sûrement quelque part. Le cuir chevelu a dû sécher, durcir, se détacher du crâne, et le vent l'aura peut-être emporté. Il est possible qu'il soit intact quelque part, comme une perruque, accroché dans les broussailles. Ça me rendrait vraiment service qu'on le recherche.

— Je vais m'en occuper. Mais, en ce qui concerne le crime lui-même, qu'est-ce que vous pouvez me dire ?

— Mon Dieu, pas grand-chose pour le moment. Vous avez vu comme moi que le crâne a été fracturé en trois endroits : à la tempe gauche, au côté gauche du front et au sommet gauche de la tête.

— Oui. J'ai vu ça. On dirait que les coups ont été faits avec un petit marteau.

— Oui. Ou un outil de ce genre. Mais leur profondeur indique que le criminel a frappé avec une force extraordinaire. Et puis, il devait être gaucher.

— Ah ?

— C'était même certainement un gaucher. On voit bien, d'après la forme des blessures, que les coups ont été frappés par-derrière. Or, s'il avait été droitier, il aurait plutôt frappé du côté droit de la tête. En tout cas, il n'aurait pas pu frapper sur la tempe gauche de cette manière. Je crois qu'il devait faire nuit. S'il avait fait jour, le criminel n'aurait pas dispersé ses coups. Croyez-moi, j'ai l'habitude. Lorsqu'on tue avec un marteau, il n'y a que la tête qui soit réellement vulnérable. Dans ces cas-là, les criminels frappent vite, à coups redoublés et presque au même endroit. Ce n'est que pour achever leur victime, lorsqu'elle tombe par terre par exemple, qu'ils s'acharnent en plusieurs endroits différents. Mais l'homme ne s'est pas acharné. Il a simplement frappé trois coups. Non. Je suis à peu près convaincu que l'homme a frappé trois coups dans l'obscurité, un peu au hasard. »

Le brave commissaire, qui écoutait toutes ces déclarations bouche bée, commence à croire que le spécialiste envoyé par Interpol, s'il est capable de tirer tant de déductions de ce bref examen, doit réussir, avec quelques heures devant lui, à accomplir des miracles.

« Vous allez pouvoir faire un portrait-robot de cette femme ?

— Je vais essayer de faire mieux. Mais, pour le moment, je vous en prie, essayez de me retrouver les cheveux.

— J'y vais... J'y cours... » dit le commissaire, admiratif.

David Wallace se met au travail. D'abord, il nettoie soigneusement et désinfecte les ossements du crâne. La victime avait été enterrée sur le ventre, et il demeure sur la pointe du menton un petit morceau de peau sèche et durcie que David conserve précieusement. Puis il couvre toute la tête d'une mince couche de pâte à modeler et entreprend d'abord de reconstituer le nez d'après ce que lui suggère la forme de l'os nasal. L'aspect de cet os détermine toujours la véritable nature du nez qui peut être droit, crochu, concave ou convexe. Celui que refait David Wallace est un nez légèrement bombé dont l'extrémité est épaisse et retroussée. David Wallace sait exactement quelle quantité de pâte à modeler il doit ajouter, car le nez suit exactement la même ligne que les racines dentaires ; or, ces racines sont encore dans la boîte crânienne.

Il reconstitue facilement les lèvres dont la grandeur et la forme sont déterminées par l'ossature buccale. Ces lèvres apparaissent minces et sans grâce. Le menton se forme presque tout seul. La fille avait un menton en galoche. David Wallace remarque aussi que les mâchoires ont été déplacées. Mais il ne sait si cet accident s'est produit avant ou pendant l'assassinat.

Restent les joues : leur forme et leur épaisseur dépendent du menton, des pommettes et de l'orbite de l'œil. David Wallace prend un certain nombre de mesures, et il donne à la fille des joues charnues et gonflées.

Il a travaillé ainsi durant trente-quatre heures coupées seulement de quelques instants de repos. Il est las, car il n'est plus jeune ; mais il n'a aucun doute sur l'authenticité de sa reconstitution.

Au soir du deuxième jour, il se consacre aux yeux. Le rapport entre les pommettes et l'orbite détermine si les yeux sont profondément enfoncés ou saillants. Ces yeux-là sortaient presque du visage. David Wallace place donc sur ce faux visage des yeux de verre. Il dessine avec autant d'aisance la courbe des sourcils sans pouvoir évidemment deviner leur couleur.

C'est à ce moment que le commissaire fait irruption, brandissant une chose informe enveloppée dans du papier journal.

« Ça y est ! On les a trouvés ! »

Sur la table, il déplie le journal et il en sort quelque chose qui ressemble à une perruque rousse. C'est le cuir chevelu desséché, détaché de la boîte crânienne. Tous les cheveux y sont encore fixés. On y trouve même des épingles à cheveux rouillées.

« Merci. Revenez en fin d'après-midi. »

Le commissaire sorti, Wallace peigne soigneusement les cheveux et les pose sur le crâne. Puis, se servant de la chevelure, avec une dextérité folle, il fabrique des cils et des sourcils. Cela fait, il recouvre l'ensemble de paraffine, ce qui donne au visage l'apparence de la vie ; puis il tend derrière un rideau de velours noir, branche quelques projecteurs et attend le commissaire.

Dès la porte ouverte, le commissaire reste

stupéfait. Il va même jusqu'à lâcher un gros juron qui traduit à la fois sa surprise, son admiration et son émotion.

« Nom de Dieu ! dit-il. Mais vous l'avez ressuscitée ? »

David Wallace prend une règle pour mieux indiquer les détails particuliers du visage :

« J'avais mis des yeux clairs, explique-t-il. Mais un peu au hasard. Maintenant, je suis à peu près sûr qu'elle devait avoir des yeux bleus ou verts. Peut-être gris, car c'est probablement une Irlandaise. Regardez : les cheveux roux, la mâchoire, tout ça typiquement irlandais. Comme le nez d'ailleurs, et il n'y a pas beaucoup d'Irlandais à avoir les yeux foncés. J'ai rougi les joues sur la peau blanche parce que ce contraste entre une peau très pâle et la rougeur des pommettes est très fréquent chez les Irlandais. J'ai fait figurer quelques boutons sur le menton, car le petit morceau de peau que j'ai retrouvé en portait des traces. Enfin, je lui ai fait un chignon, parce que des cheveux aussi longs se portent soit nattés, soit en chignon. Mais la disposition des épingles à cheveux m'a amené à penser qu'il s'agissait d'un chignon. Voilà. En ce qui me concerne, mon travail est fini. Vous pouvez faire distribuer des photos de cette fille. Je crois qu'elle était ainsi lorsqu'on l'a assassinée dans la colline, il y a sept mois environ. »

Malheureusement, cette brillante réussite est brutalement contredite par les faits...

Une enquête parallèle, menée (mollement) par la police locale, permet de découvrir qu'une malade ayant séjourné dans le sanatorium voisin a disparu depuis sept mois. Elle avait un fiancé. On retrouve aisément ce jeune homme en Belgique, et c'est un gaucher. A tout hasard, on confronte l'empreinte de ses chaussures avec les empreintes trouvées autour de la grotte près de laquelle a été découvert le cadavre, et l'une d'elles est indiscutablement la sienne.

Après de difficiles interrogatoires, le jeune homme, qui refuse d'avouer, est néanmoins convaincu du meurtre de sa fiancée disparue.

Seulement, et c'est là que la belle théorie de David Wallace s'effondre, cette fiancée, tout le pays la connaît. Et elle ne ressemble pas du tout à la reconstitution qu'il en a faite.

La fille reconstituée est une sportive pleine de santé, une Irlandaise au visage solide et pas très joli. La fiancée du jeune homme, qui relevait de tuberculose, était une brune éthérée, d'origine italienne, qui lisait Byron, écrivait de petites nouvelles pour le journal local et déclamait des vers d'une voix fluette pour les fêtes du sanatorium.

Le commissaire chargé de l'enquête n'en revient pas. Est-il possible que le spécialiste recommandé par Interpol se soit trompé à ce point-là.

A tout hasard, il fait tout de même photographier le visage reconstitué de l'Irlandaise qu'il distribue dans toute la région. Le lendemain même, le responsable administratif du sanatorium demande à le voir :

« Nous connaissons cette jeune fille. C'est une femme de ménage irlandaise : Karen Doughby. Elle avait vingt-deux ans. Elle est partie il y a sept mois sans laisser d'adresse. Nous avions cru qu'elle était tout simplement retournée chez elle. Je vous ai amené les quelques objets qu'elle a laissés dans cette valise et cette boîte à chaussures. »

Le commissaire ouvre la boîte à chaussures. Il en sort quelques objets sans intérêt et, finalement, tombe en arrêt devant une bible. Sur la première page, une mention manuscrite. Ce sont des vers qui commencent par : « Dieu est dans son ciel. Tout est bien dans le monde... »

Il est étonnant qu'une femme de ménage irlandaise et sportive ait l'idée d'écrire des vers sur la première page de sa bible. Le commissaire demande l'aide d'un graphologue pour vérifier son doute.

« Ce n'est pas une écriture de femme », dit le graphologue.

Il tourne et retourne le livre entre ses mains.

« C'est l'écriture d'un homme. Et qui devait probablement être gaucher. »

Gaucher... A ce mot, le commissaire a dressé l'oreille, et quelques instants plus tard le graphologue compare l'écriture trouvée dans la bible de la malheureuse Irlandaise avec celle du jeune homme suspecté d'avoir assassiné sa fiancée. C'est la même.

L'affaire est alors rapidement et facilement reconstituée. Le jeune homme avait vingt-cinq ans. Un moment hébergé au sanatorium, il fit la connaissance de la jeune femme de ménage irlandaise, Karen Doughby, et devint son amant. Il prit l'habitude, après sa sortie du sanatorium, de la rencontrer dans la fameuse grotte. Cette liaison ne lui suffisant pas, il tomba amoureux d'une convalescente bien plus jolie et plus désirable à son goût. Là, l'affaire reste affreusement banale mais tourne au tragique. La malheureuse Irlandaise étant enceinte, il la tue et avoue son crime à l'autre jeune fille pour calmer sa jalousie. Mais la jeune poétesse éthérée comprend qu'elle a affaire à un déséquilibré et tente de se détacher de lui. Moitié par passion, moitié par crainte d'être découvert et dénoncé, il l'assassine à son tour quelques jours plus tard.

M. David Wallace a reçu une fois de plus les compliments de la police pour son extraordinaire talent. Mais M. David Wallace n'avait jamais douté de son œuvre, comme il n'a jamais douté de la reconstitution du mammouth, *Elephan primigenius*. Pour lui, la science tout court, c'est l'exactitude tout court. Et l'exactitude, c'est la politesse des savants.

LE SUISSE DANS UNE ARMOIRE

DANS une ville du canton de Fribourg, un Suisse arrête un autre Suisse dans la rue, soulève un drôle de chapeau et demande :

« Excusez-moi, monsieur. Pourriez-vous me dire où se trouve le commissariat de police ? Je n'arrive plus à le retrouver. Il me semblait bien, pourtant, que c'était dans cette rue ! »

L'homme qui vient d'être ainsi courtoisement interpellé s'étonne :

« Mais, monsieur, il y a longtemps que le commissariat n'est plus dans cette rue ! Il y a au moins, oh ! là ! là, au moins quinze ans ! Si ça n'est pas davantage ! Il était là, tenez ! Là où vous voyez cette blanchisserie ! Maintenant, il est à l'autre bout de la ville, dans le quartier neuf. Je vais vous expliquer. Vous voyez le quartier neuf ? »

L'homme au drôle de chapeau a soudain

l'air un peu triste... Un peu triste, et en même temps un peu égaré. Il répond d'une voix hésitante :

« Ah ! non, je ne vois pas du tout. Le quartier neuf ? C'est de quel côté ?

— C'est facile ! C'est derrière le quartier de la cathédrale. Mais vous ne connaissez sans doute pas la ville ?

— Oh ! si, monsieur... Enfin, c'est-à-dire, je connais seulement la vieille ville ! »

Alors, et alors seulement, l'interlocuteur de l'homme au drôle de chapeau le considère des pieds à la tête. Parce qu'il vient de réaliser ce qu'il y a d'étrange dans le personnage : d'étrange et d'anachronique. Il est entièrement habillé comme on s'habillait avant la seconde guerre mondiale ; or, nous sommes en 1973. Aimablement, et aussi parce qu'il trouve complètement anachronique ce petit homme dans la cinquantaine, il lui dit :

« C'est que la ville a beaucoup changé en vingt ans. Il y a certainement longtemps que vous n'y êtes pas revenu ? »

L'homme habillé comme dans les années trente a soudain l'air encore plus égaré. C'est d'une voix très bizarre qu'il répond :

« En fait, monsieur, je ne l'ai plus vue depuis vingt ans... Mais je ne l'ai jamais quittée ! »

S'il est difficile de secouer les Suisses, ce petit homme va s'en charger. Car son histoire est incroyable.

En 1946, Otto Feldviller a vingt et un ans. Il

en profite pour faire deux choses : d'une part, se marier, puisqu'il est majeur, d'autre part, monter une escroquerie. Parce qu'il faut de l'argent pour se marier, et qu'il n'a pas envie d'attendre pour en avoir beaucoup.

Otto Feldviller se tient le raisonnement suivant : ce n'est pas la peine d'être Suisse et en bonne santé, si c'est pour rester pauvre. Or il se trouve qu'à vingt et un ans Otto ne sait pas faire grand-chose. Mais il est loin d'être bête, et il a de l'instruction. Grâce au fait que la Suisse est restée neutre pendant la guerre, il a pu, comme tous ses jeunes compatriotes, poursuivre ses études. Et il se trouve, à vingt et un ans, en 1946, titulaire de l'équivalent suisse d'une licence de lettres. Il est même considéré comme très brillant par ses professeurs.

Seulement Otto est tombé amoureux de Frieda Zimmerman. Frieda est une très belle Suissesse allemande, une plantureuse blonde âgée de vingt-trois ans, c'est-à-dire de deux ans plus âgée que lui. Frieda est également douée d'un solide appétit d'argent. Elle fait tant et si bien que, à peine devenue Mme Feldviller, elle persuade son époux de commettre une escroquerie. Or, autant Frieda est solide, plantureuse et douée d'un solide appétit de la vie, autant son mari, Otto, est un garçon fluet, sans grand caractère et influençable à un point ahurissant.

Donc, Frieda exerce une autorité indiscutable sur son petit mari. Et, à peine sortie de la lune de miel, elle lui tient ce langage dynamique :

« Otto, tu vas monter un magasin ! »

Otto reprend faiblement, avec une soumission énamourée :

« Oui, ma biche, mais quel genre de magasin ?

— Une quincaillerie, ça marche toujours ! On n'a jamais vu un quincaillier faire faillite. Les gens ont toujours besoin de clous, de vis, de marteaux, de casseroles. Avec toi dans les rayons et moi à la caisse, nous allons avoir la plus grosse quincaillerie de la ville !

— Je veux bien, ma biche, mais avec quel argent ? Pour avoir un magasin et un stock, il faut commencer par avoir de l'argent !

— Otto, tu me déçois !... Nous sommes en Suisse, oui ou non ? En Suisse, il y a des banques ! Il n'y a même que cela. Alors, les banques te fourniront de l'argent, je ne comprends pas pourquoi tu te crées un problème avec ça ! »

Quand Frieda accuse Otto de « se » créer un problème, c'est généralement qu'elle est en train de « le » lui créer. Mais, comme elle se fâche dès qu'il essaie de discuter, il commence toujours ses phrases en l'appelant « ma biche ». Ce qu'il estime devoir l'amadouer, sinon la flatter : car elle mesure 1,72 mètre et chausse du 41.

« Mais, ma biche, pourquoi veux-tu que les banques suisses fassent du crédit à un garçon de vingt et un ans ! Même ayant fait des études de lettres, et surtout ayant fait des études de lettres pour devenir quincaillier ? »

Alors, Frieda explique son système à Otto. C'est très simple : il va commencer par emprunter une petite somme raisonnable à une banque. Celle qu'on peut lui consentir pour ouvrir un petit magasin. On la lui prêtera d'autant plus qu'il aura persuadé son père de donner la maison de famille en garantie. Ce qu'il fera sûrement, pour permettre à son fils de s'installer. Avec l'argent prêté par la banque, Otto ouvrira des comptes dans trois autres banques différentes. Il déposera un tiers de la somme dans chaque. Et puis il commencera à tirer des chèques en jouant d'une banque sur l'autre. Frieda parvient à persuader Otto :

« Tout est question de délai ! En te présentant comme commerçant qui s'installe, tu te fais consentir un petit découvert dans chacune des banques. Mais, un petit découvert multiplié par quatre, ça fait un grand découvert ! Après quoi, dès que l'argent rentre au magasin, tu combles un premier découvert. La suite consiste à jouer ainsi sur les quatre découverts : tu tires un chèque sur le compte alimenté pour couvrir le découvert de l'autre, et ainsi de suite... Ça tourne en rond, pour revenir au premier compte ! Chacun des quatre comptes étant réalimenté toutes les quatre semaines, en fait, toujours avec la même somme ! Le principal, c'est que les banques voient qu'il y a un mouvement sur ton compte. Tant qu'un compte se vide et se remplit régulièrement, elles maintiennent le découvert. C'est là le truc ! »

En fait, ce que Frieda est en train d'expliquer à Otto est complètement idiot. Cela s'appelle, en l'occurrence, vouloir monter une quincaillerie avec des chèques de cavalerie ! Un journal suisse aura même, à l'intention d'Otto, une formule d'une ironie un peu lourde, il appellera cela « une tentative d'Otto-financement » ! Car, évidemment, les acrobaties bancaires d'Otto Feldviller sont découvertes au bout d'un mois et demi. C'est déjà beau d'avoir tenu jusque-là avec les banques suisses ! Et comme en Suisse on ne plaisante pas avec les banques, Otto Feldviller est condamné à deux ans de prison ferme. Et c'est là que commence son invraisemblable aventure, qui va secouer la Suisse, vingt-sept ans plus tard !

Tout d'abord, si Otto est condamné à deux ans de prison ferme, c'est qu'il ne se présente pas au tribunal, et l'on n'a jamais le sursis par contumace. Ensuite, s'il ne se présente pas, c'est que Frieda — toujours elle — l'en a convaincu !

Par contre, Frieda se présente au procès de son mari Otto à titre de témoin, et la mine étonnée : elle n'a jamais ouvert un compte à son nom ! Elle ignorait tout des malversations de son mari ! Elle pleure devant le tribunal !

Cette impressionnante Walkyrie, 68 kilos pour 1,72 mètre, étreint la barre des témoins d'une main puissante, tandis que de l'autre elle jure qu'elle dit la vérité en sanglots !

Comment les juges suisses, malgré leur sévérité glacée, ne seraient-ils pas émus, alors qu'elle se présente en femme abandonnée !

« Monsieur le juge, non seulement mon mari n'a pas eu le courage d'affronter le tribunal, mais il s'est enfuit en m'abandonnant. Tenez, voici la lettre qu'il m'a laissée ! « Adieu, je ne « peux supporter la honte de ne jamais plus « pouvoir habiter dans ma ville natale. Je pars « à l'étranger. Oublie-moi, refais ta vie, tu « obtiendras facilement le divorce, Otto. »

C'est qu'il existe en Suisse un article du Code pénal autorisant à chasser de sa commune un condamné pour vol ou escroquerie. Ne pouvant supporter l'idée d'être chassé de sa ville natale, Otto Feldviller préfère donc quitter la Suisse, abandonner Frieda, refaire sa vie à l'étranger.

Apparemment, il circule. De temps en temps, Frieda reçoit des cartes postales de France, d'Algérie, d'Espagne, d'Italie. Comme il est sous le coup d'une condamnation, Interpol le recherche dans tous ces pays.

Quant à Frieda, elle refait sa vie toute seule, courageusement. Elle devient blanchisseuse en appartement. On lui porte le linge à laver chez elle, elle le lave, elle le repasse, on revient le chercher chez elle. Ou alors elle le livre. On estime, on admire et on plaint Frieda qui, après avoir été blanchie par le tribunal, devient blanchisseuse par nécessité. Et l'on évite de lui parler de son mari en fuite !

Or, ce que tout le monde ignore dans la ville, c'est qu'il n'est pas à l'étranger, ce mari escroc : il est là, dans l'appartement de Frieda. Il est là où elle l'a caché : dans une armoire. Il n'y est pas rangé à l'état de cadavre, mais à l'état de mari.

Frieda Feldviller l'a ainsi persuadé de se laisser ranger dans cette armoire :

« Otto, si la police t'attrape, tu feras trois ans de prison pour escroquerie. Et, si tu t'enfuis à l'étranger, elle finira par te trouver. Interpol te suivra partout ! Tu seras ramené en Suisse, emprisonné, et tu seras interdit de séjour dans ta ville natale ! Tu sais que la loi suisse le permet. Alors, mon petit Otto, j'ai une question à te poser : est-ce que tu veux être privé de ta Frieda chérie ?

— Non, ma biche...

— Alors tu vas faire ce que je te dis ! »

Et voici ce que fait Otto, ce qu'il va faire pendant vingt-sept ans ! Il s'enferme dans l'appartement de Frieda. Tout le monde croit qu'il s'est enfui à l'étranger, Frieda s'est présentée devant le tribunal en femme abandonnée, c'est le dernier endroit où l'on viendra le chercher. Le tout, c'est que personne, aucun voisin, ne devine jamais qu'il est là.

Or, cela pose un problème, car l'appartement est un petit deux pièces, et, dès que Frieda reçoit une visite, il faut cacher Otto ! Or, justement, elle reçoit beaucoup de visites, à longueur de journée, puisqu'elle a décidé de gagner sa vie comme blanchisseuse en appartement. En 1946, même en Suisse, les machines à laver n'existent pas. Frieda est courageuse et solide, elle est même athlétique, et il faut l'être pour repasser du linge en appartement : il n'y a rien de plus fatigant. Frieda ne craint rien de ce côté-là, elle a des bras comme des bielles, et très vite elle a une belle clientèle : sans arrêt, on vient lui porter du linge dans son appartement ! Ou bien on vient le rechercher ! Et il est là, le problème : Frieda a besoin des deux pièces de son appartement. Une pour le linge à laver, une pour le linge à repasser. Alors, où cacher Otto chaque fois que quelqu'un sonne, ce qui arrive au moins dix fois dans la journée ? La solution, bien sûr, c'est Frieda qui l'a trouvée : dans un placard. Contre le mur du fond de la deuxième pièce, la pièce du linge à repasser, il y a un placard à linge.

C'est une armoire suisse. Autrement dit une armoire énorme. Alors, chaque fois qu'on sonne, Otto s'enferme dans l'armoire. Il a suffi d'enlever les étagères, et, d'ailleurs, autant sa femme est bâtie comme une armoire, autant Otto Feldviller est d'une taille à rentrer dans une armoire.

Seulement, très vite, il s'ennuie dans cette armoire. Car non seulement les gens vont et viennent sans arrêt, dans ce petit appartement, pour porter du linge, mais très souvent ils s'attardent, et les voisines viennent bavarder avec Frieda pendant qu'elle repasse. Alors Otto sort le soir. Il est remis en liberté dans l'appartement à partir de huit heures du soir. Et, la nuit, il dort dans le lit conjugal. Mais dès le matin, à partir du premier coup de sonnette, hop ! dans l'armoire.

C'est pourquoi, toujours sur les conseils de Frieda, Otto commence peu à peu à aménager son armoire. D'abord il en enlève le toit, ce qui lui donne de l'air et un peu de lumière. Comme elle est haute, avec un fronton sculpté, cela ne se voit pas. Et puis il y installe, à demeure et en travers, un fauteuil de relaxation. Avec une petite étagère et des livres. Il a graissé les gonds des deux portes, installé un verrou intérieur. Peu à peu, cette armoire devient l'armoire la plus confortable du monde.

Il y entre, dans cette armoire, à l'âge de vingt et un ans, en 1946. Mais peu à peu, avec les années, Frieda gagnant relativement bien sa vie, la société de consommation se développant à l'extérieur de l'armoire et de l'appartement, Otto améliore sa cachette. Il y installe un transistor, dans les années 50, avec un écouteur.

De cette façon, bien installé dans son fauteuil « relax », il écoute la radio pendant que les voisines bavardent avec sa femme à un mètre de lui, ce qui lui évite, au surplus, de les entendre dauber sur son compte :

« Vous n'avez jamais eu de nouvelles de votre mari, ma pauvre Frieda ? Il est toujours à l'étranger ? De toute manière, ce n'est pas pour dire, mais ce n'était pas un homme pour vous. Je me demande ce que vous lui aviez trouvé ! Entre nous, vous méritez mieux ! Il vaut mieux qu'il ait disparu. A la longue, il aurait eu sur vous une mauvaise influence ! »

« Une mauvaise influence, tu parles ! Elle m'a collé dans une armoire ! » C'est ce que pense Otto, séparé de la voisine par une porte de noyer sculpté. Mais, s'il souffre parfois de sa situation, il s'y habitue peu à peu. Car, après tout, il a Frieda : Frieda qui travaille pour lui, Frieda qui change de boucherie et de boulangerie tous les jours, pour que personne ne voie qu'elle achète pour deux. Frieda qui, le soir, sort son mari de l'armoire et lui dispense le bonheur conjugal. Il faut croire d'ailleurs qu'elle le dispense d'une manière déterminante, sinon comment expliquer qu'un garçon de vingt et un ans s'enferme dans l'armoire de sa femme en 1946 pour n'en ressortir qu'en 1973 ! Tout ça pour échapper à deux ans de prison et à l'interdiction de séjour. Ou alors Otto est vraiment d'un tempérament casanier.

Quand sa femme sort, car elle ne s'en prive pas, il n'y a pas de raison, elle le laisse seul dans l'appartement avec des conserves et du pain. Les rideaux des fenêtres sont tirés en permanence... Il ne circule que chaussé de pantoufles à semelles feutrées, pour ne pas alerter les voisins du dessous. Il ne mange que de la cuisine froide, pour éviter les odeurs de cuisine. Il ne boit que du thé, pour éviter l'odeur du café. Et, au moindre coup de sonnette, hop ! dans l'armoire ! Il a maintenant une véritable bibliothèque au-dessus de sa tête. Et, comme c'est un garçon cultivé, il profite de ses heures de loisir — il n'a que ça — pour étudier le latin, le grec, pour lire tout Balzac et Victor Hugo, ce que personne, à l'extérieur, ne peut se vanter d'avoir fait. A moins d'être menteur ou agrégé.

Otto Feldviller parvient même à écrire et à faire éditer un roman du fond de son armoire ! Grâce à Frieda, bien sûr, qui le porte à l'éditeur et le fait publier sous son nom : Frieda.

Frieda le tient elle-même au courant, au cours des années, de l'évolution du monde extérieur : Otto suit la guerre froide et la crise de Cuba depuis son armoire. Il en discute avec Frieda : « Tu crois que l'Occident est menacé ? » L'Occident, c'est son armoire. Il est vrai que c'est une armoire suisse et que, s'il y avait la guerre, elle resterait une armoire neutre. Mais on ne sait jamais.

Vers les années 60, Frieda lui apporte une petite télévision portative. Il l'installe dans l'armoire, au-dessus du fauteuil de relaxation.

Avec un écouteur, toujours à cause des voisines qui viennent bavarder avec Frieda. Car Frieda, pour entretenir son mari, continue à laver et repasser du linge. Mais, à mesure qu'arrivent les années 70, cela devient plus dur. Les Suisses ont tous des machines à laver. Ils ont moins besoin d'une blanchisseuse à domicile. Seul, le repassage continue à marcher. Les femmes ont de moins en moins l'esprit à repasser du linge. Les femmes sont libérées. Otto, depuis son armoire, approuve la libération progressive de la femme... Si bien que peu à peu il dit à Frieda : « Sors donc plus souvent ! Prends des vacances ! »

Elle en prend, deux ou trois fois par an. Elle va au ski, le laissant quinze jours avec des conserves. Comme elle met, dans ce cas, un écriteau sur la porte, il est lui aussi en vacances et peut circuler dans l'appartement. Évidemment, il ne peut pas allumer la lumière le soir, à cause des voisins, et pour la télévision il doit retourner dans l'armoire et fermer la porte.

Aussi ahurissant que cela puisse paraître, cela dure ainsi vingt-sept ans ! Depuis 1946 jusqu'au 27 septembre 1973 !

Ce jour-là, Frieda devait revenir des sports d'hiver. Elle n'est pas revenue. Elle a définitivement opté pour la libération de la femme.

Au bout de huit jours, Otto n'a plus de conserves, et il a compris. Alors il s'habille. Il enfile son complet veston de 1946, qui date d'ailleurs d'avant-guerre, ainsi que son chapeau, et il sort de son armoire. Il ne reconnaît pas la ville, qui a beaucoup changé, et demande le chemin du nouveau commissariat où il déclare :

« Voilà : je m'appelle Otto Feldviller. J'ai été condamné par contumace, pour escroquerie, en 1946. Depuis vingt-sept ans, j'échappe à la prison en me cachant dans l'armoire de ma femme. Elle est partie, je n'ai plus goût à rien ! La vie n'a plus de sens pour moi ! Enfermez-moi ! »

Alors, les policiers consultent leurs dossiers, et tout le commissariat est secoué de rire. Le lendemain, toute la Suisse est secouée de rire, car il y avait prescription depuis 1956. Il y avait donc dix-sept ans qu'il aurait pu sortir de son armoire !

Et c'est en découvrant de telles évidences que l'on se fait traiter parfois de « quelqu'un qui sort d'un placard »... Car les expressions populaires ont toujours raison.

LA VIEILLE DAME AU CHAPEAU BLEU

L'HOMME qui vient de bousculer la vieille dame s'arrête une seconde confus.

« Mille pardons, madame, je ne vous avais pas vue...

— Poussez-vous donc, abruti, vous ne voyez pas que je suis pressée ! »

Et la vieille dame de grimper en maugréant le marchepied du wagon de première classe en partance pour l'Italie. Et de traiter de tous les noms d'oiseaux le porteur qui ne lui monte pas sa valise assez vite. Mais on n'a pas idée, à son âge, d'arriver trente secondes avant le départ du train et de courir comme une folle sur les quais, le parapluie en avant. A quatre-vingt-quatre ans ! On n'a pas idée non plus d'avoir des idées de meurtre dans la tête.

L'homme qui vient de déposer sa valise dans le filet se retourne une nouvelle fois confus : il a marché sur ce qu'il croit être le pied de la vieille dame.

« Mais ne vous excusez pas sans arrêt, voyons, c'est ridicule ! Vous ne marchez que sur mon parapluie ! »

Échaudé, le voyageur s'assoit en face de la vieille dame qui porte un remarquable chapeau bleu. Quand Interpol lui demandera de l'identifier, plus tard, il ne pourra pas se tromper. Il ne pourra pas, car il va passer dix heures dans le train à se faire « enguirlander » une fois par heure au moins ! Cet âge est sans pitié.

Le train est parti de Paris en direction de Milan, et la vieille dame ronchonneuse et autoritaire s'est installée dans le compartiment en prenant toutes ses aises.

Mme veuve Célestine Espar, quatre-vingt-quatre ans, se rend à Milan dans un wagon de première classe et dans un but précis. Faire passer le goût de vivre à un homme qui, présentement, ne se doute de rien et dîne d'un gigantesque plat de spaghetti milanais. A Milan, bien entendu.

Or, pourquoi Mme veuve Célestine Espar, à quatre-vingt-quatre ans, a-t-elle décidé de tuer un être humain ? On ne devient pas assassin comme cela, surtout si l'on prend en considération la théorie du chromosome du crime. Si, vraiment, il y a des criminels-nés, ils n'attendront pas quatre-vingt-quatre ans pour céder à leurs « impulsions criminelles ».

Il faut donc admettre que Mme veuve Célestine Espar échappe à cette théorie de toute façon, car elle a décidé de tuer en toute logique. Selon la sienne en tout cas. Célestine est une vieille dame maigre, autoritaire et pleine de santé, que l'on pourrait considérer comme l'enquiquineuse par excellence, et pour être poli. Dès que quelque chose ne va pas quelque part ou se discute, Célestine Espar est là. Toute sa vie elle a contesté, renâclé, ergoté et compliqué les choses sous le prétexte de les simplifier ou de les mettre au clair. A tel point que :

— premièrement, on peut dire que son mari en est mort de fatigue au bout de dix ans de mariage seulement ;

— deuxièmement, on peut dire que ses enfants, au nombre de quatre, l'ont abandonnée au fur et à mesure qu'ils en avaient la possibilité ;

— troisièmement, les uns et les autres se sont bien gardés d'entretenir avec leur mère des relations suivies, de peur de ne pas exister en toute simplicité.

La dernière de ses enfants n'a pas respecté la règle, et là est le drame. Seraphina, la fille cadette, mariée, enfin, à quarante ans passés, n'a pas résisté au plaisir d'en aviser sa vieille mère, croyant lui faire plaisir en sa retraite. Il n'y eut pas de plaisir à proprement parler, comme il n'y avait pas de retraite non plus. Célestine n'était pas femme à se ranger en veuve éplorée ou maladive. Lorsque la nouvelle du mariage de sa petite dernière lui parvint, ce fut une belle affaire ! C'était il y a quatre ans. Célestine avait donc quatre-vingts ans. Alors que sa fille la croyait impotente et réfugiée dans une maison de repos, alors qu'elle lui annonçait son mariage d'Italie, à 1 000 kilomètres de là, Seraphina, la fille cadette, a vu arriver un météore.

1,60 m de rides et de muscles secs, surmontés d'un énorme chapeau bleu, comme un anneau autour de Saturne. Sans lunettes, sans régime, sans rhumatismes, Célestine est arrivée la veille de la cérémonie, toutes critiques dehors. Le futur époux était là, livré à son examen impitoyable. La première affirmation de Célestine à propos de son gendre potentiel fut :

« Ma fille, tu l'as pris trop vieux ! »

Trop vieux ! Leonardo Zampelli, industriel milanais, veuf, sans enfants, trop vieux !

La malheureuse Seraphina n'en revenait pas. Elle qui se sentait prête à crier victoire, avec son âge et son physique approximatifs, d'avoir trouvé chaussure à son pied, voilà que sa mère trouvait la chaussure usée !

Deuxième affirmation de la vieille Célestine :

« Ma fille, il n'est pas trop tard pour faire un enfant ! »

Un enfant ! La pauvre Seraphina en avait rougi de honte ! Faire un enfant à son âge, elle qui n'avait encore jamais envisagé comment se faisaient ceux des autres !

Troisième affirmation de Célestine, la plus grave :

« Ma fille, les hommes sont tous les mêmes, celui-là te trompera un jour ou l'autre. S'il le fait, bats-toi ! »

Seraphina avait bien regretté d'avoir prévenu sa mère. Elle ne l'avait pas vue depuis si longtemps qu'elle la croyait épuisée, fatiguée, bref débarrassée de son venin à son âge. Ce n'était pas le cas. Et elle avait dû se fâcher quelques jours après la cérémonie pour se débarrasser, il n'y a pas d'autre mot, de sa mère à peine retrouvée. Et puis les mois et les années avaient passé. Quatre ans.

Au bout de quatre ans, Seraphina n'avait pas résisté une fois de plus. Elle était trop malheureuse. Elle avait écrit à sa mère pour lui donner sa nouvelle adresse, car elle avait quitté son mari dans un moment de désespoir.

Dans cette lettre, Seraphina ne disait pas « au secours maman, mon mari me trompe », mais la mère avait lu entre les lignes. Une mère sait lire ce genre de chose entre les lignes. D'autant plus que Mme veuve Célestine l'avait prédit ! Alors, elle avait fait ses valises et sauté dans le train. Une idée noire derrière la tête. Une idée qui venait de bien loin, une vengeance profonde, vieille comme Adam et Ève. Célestine, enfant, n'avait pas pu tuer son père, elle était trop petite, pas pu tuer son mari, il était mort avant, pas pu tuer ses amants, ils étaient partis très vite.

Et, à quatre-vingt-quatre ans, le destin lui offrait un gendre. Un gendre idéal. L'homme idéal selon Mme Célestine, veuve Espar : laid, prétentieux, coureur de dot et de jupons : la race honnie ! Car depuis quatre-vingt-quatre ans Mme Célestine veuve Espar détestait les hommes. Elle avait mis du temps avant de s'en rendre compte. De longues années pendant lesquelles elle n'avait cessé de combattre des envies d'empoisonner, de tordre le cou ou de tirer à boulets rouges. Elle avait honte de ces idées-là. Elle aurait pu mourir en ayant toujours honte et sans tuer personne.

Mais il est trop tard. À quatre-vingt-quatre ans, sa fille vient de lui donner bêtement l'occasion d'assouvir ses mauvais instincts. Elle a mis son chapeau bleu et son tailleur gris. Son gendre, qui ne se doute de rien, dort du sommeil du juste en digérant les spaghetti qu'il a mangés chez sa maîtresse.

Au rythme du train qui descend vers le sud, il ne lui reste plus que sept heures à vivre.

Arrivée en gare de Milan, Célestine Espar, ravie de retrouver son pays d'origine, s'en donne à cœur joie. Sa discussion avec un porteur sur le prix de transport de sa valise jusqu'à un taxi est homérique. Le porteur non plus ne pourra pas oublier cette vieille dame hargneuse. Quant au chauffeur de taxi, il a le net sentiment de véhiculer une échappée de l'asile de fous et de vieillards à la fois.

La vieille dame veut un hôtel à proximité du domicile de son gendre et ne comprend pas que le chauffeur de taxi n'en connaisse pas au moins trois pour lui permettre de choisir. Et, comme l'homme menace de la déposer sur le trottoir, elle ne craint pas de l'insulter gravement dans sa situation d'époux. Lorsque le taxi l'abandonne enfin devant un hôtel situé à deux rues de l'adresse de son gendre, Célestine trouve encore le moyen de se faire remarquer par le chasseur en le traitant de bon à rien. Comme ça, pour rien, pour le principe. Si l'on considère que cette vieille dame indigne est partie de Paris pour tuer son gendre, le moins que l'on puisse dire c'est qu'elle ne craint pas d'être soupçonnée ou de fournir un alibi.

Alors commence la chasse à l'homme la plus extraordinaire du monde. Et l'on hésite dans cette affaire entre l'horreur et le ridicule. Horreur parce qu'il s'agit de la vie d'un homme, et ridicule par la manière dont il va la perdre.

Célestine, tout d'abord, se déguise en assassin. Après avoir fait autant de bruit autour de son voyage et s'être fait remarquer partout, Célestine enfile un costume d'homme, un chapeau et un imperméable pour se rendre chez son gendre, le 17 février 1957 au matin.

Le gendre n'est pas là, il est à ses affaires. Et la femme de ménage qui répond à Célestine trouve bien bizarre cet individu à l'air de faux gangster de Chicago, revu par Hollywood et Cinecitta, et à la voix si aiguë. Célestine part donc à la recherche de l'usine de son gendre, qui se trouve dans la banlieue nord de Milan. Le temps de trouver un taxi, de se disputer un peu avec le chauffeur et de faire les 20 kilomètres qui mènent à la zone industrielle, et c'est l'heure du déjeuner. Une charmante secrétaire répond, à ce monsieur bizarre en chapeau mou, que monsieur le directeur déjeune en ville et ne reçoit, de toute façon, que sur rendez-vous. Et c'est l'explosion de rage une fois de plus. Célestine, à quatre-vingt-quatre ans, est retombée en enfance. Elle fait des caprices et des colères subites sans se préoccuper de son entourage.

Le secrétaire, effrayée par ce vieil homme qui pousse des cris de chatte en colère, appelle un gardien pour expulser *manu militari* l'individu fauteur de troubles. Voyant qu'elle ne peut pas lutter, Célestine ôte son chapeau devant les employés ébahis et menace :

« Ne me touchez pas ! Je suis la belle-mère de votre patron, faites-le venir immédiatement ! »

Si la secrétaire, charmante, n'avait pas été la maîtresse de l'industriel, on aurait jeté la vieille dame dehors sans chercher à vérifier. Mais la jeune et jolie secrétaire s'est dit :

« Oh ! là là ! L'épouse a fait un scandale... Elle envoie sa mère. Ne faisons pas de vagues, enfermons la vieille dame dans le bureau du patron, et voyons venir. »

Confortablement installée dans un fauteuil et revêtue de son déguisement ridicule, la belle-mère attend donc son gendre de pied ferme. Pendant ce temps, la secrétaire téléphone, affolée, et dérange son patron séducteur en plein déjeuner d'affaires :

« Monsieur, votre belle-mère est là », dit-elle au patron.

Et elle ajoute pour son séducteur :

« Ta belle-mère est complètement cinglée, elle a dit qu'elle ne partirait pas sans t'avoir vu. Elle t'a traité de tous les noms et elle est déguisée en homme. »

Au bout du fil, le gendre n'y croit pas. Il sait pertinemment que sa belle-mère vit en France depuis de longues années, Dieu merci, et il ne l'a vue qu'une fois au moment de son mariage. Comment serait-elle là ? Et pourquoi déguisée en homme ? C'est une farce de sa femme !

« Jetez-la dehors. Je n'ai pas de temps à perdre !

— Mais c'est qu'elle ne veut pas, et j'ai peur qu'elle fasse un scandale !

— Allons, à son âge, n'exagérons rien. Jetez-la dehors !

— Bien, monsieur. »

Ce bien monsieur était facile à dire. Enracinée dans son fauteuil, Célestine ne veut pas bouger, et sa réponse est lapidaire :

« Il a peur, ce salopard ! Trop tard, la vengeance est en marche ! Il ne m'échappera pas. Je ne bougerai pas d'ici. »

La secrétaire se jette donc à nouveau sur le téléphone :

« Patron, votre belle-mère insiste... »

Et à voix confidentielle :

« Écoute, elle dit qu'elle va se venger. Elle me fait peur, cette vieille folle. Tu devrais appeler la police. »

Mais Leonardo Zampelli ne veut pas de scandale. Surtout pas dans son usine. Et le peu qu'il a connu de la belle-mère ne l'incite pas à accepter une rencontre non plus. Seulement, il ne voit pas comment l'éviter. Alors, il lui vient une idée. Le malheureux ne sait pas qu'il n'a plus que trois heures à vivre, sinon il préférerait le scandale à l'usine.

« Écoute... dit-il à sa maîtresse secrétaire... dis-lui que je lui donne rendez-vous chez moi dans une heure. Prête-lui mon chauffeur et la voiture.

— Mais elle t'attendra là-bas, jusqu'à ce que tu rentres !

— Elle se lassera. Et puis, pour plus de sécurité, je ne rentrerai pas ce soir, j'irai chez toi. Fais ce que je te dis, mais qu'elle s'en aille de l'usine. »

La secrétaire va très bien remplir son rôle. D'une voix doucereuse et déférente, elle s'approche de la vieille dame :

« Chère madame, j'ai pu joindre votre gendre au téléphone, il m'a priée de vous faire conduire chez lui, où il vous rejoindra. »

Un sourire sardonique éclaire le visage ridé de Célestine. Elle se laisse conduire à la voiture, et le chauffeur remarque qu'elle serre sur son cœur un sac à main assez vaste dont elle retire un roman policier.

Durant le trajet de l'usine au domicile de son gendre, la vieille Célestine ne dit rien. Elle lit. Sans beaucoup tourner les pages, comme si elle relisait et relisait sans cesse le même chapitre. Et le chauffeur se dit : « La vieille est folle : déguisée en homme, avec un chapeau de gangster sur la tête, un sac à main et un roman policier ! »

Devant la porte de l'appartement, le chauffeur sonne et explique au domestique qui ouvre, le sourire en coin :

« Madame est la belle-mère de Monsieur, elle vient l'attendre. »

On conduit au salon la vieille dame, qui ne semble pas souffrir de son long voyage et de l'activité débordante qu'elle a menée jusqu'ici.

Vingt minutes passent. Et le gendre arrive enfin, se répandant en mauvaises excuses, la bouche en cœur. Le domestique, derrière la porte du salon, entend ceci :

« Mon gendre, vous êtes un beau salaud, et j'ai à vous parler sérieusement. Renvoyez vos domestiques. Cela vaudra mieux pour tout le monde. »

C'est tout ce que le domestique entend, car il est effectivement renvoyé chez lui quelques minutes après. Ravi d'une journée de repos, il s'en va sans remords, alors qu'il ne reste plus qu'un quart d'heure à vivre pour Leonardo Zampelli, industriel milanais prospère mais gendre défectueux.

Dans le train Milan-Paris, le soir même, une vieille dame bouscule l'employé des wagons-lits sans ménagement. L'irascible grand-mère ne comprend pas pourquoi la compagnie n'a pas prévu la fourniture de bouillotte ! Il s'en rappellera, l'employé des wagons-lits !

De même le concierge d'un hôtel proche de la gare de Lyon à Paris. Il a vu arriver la même grand-mère le lendemain matin, qui voulait une chambre pour la journée et faisait un scandale parce qu'il n'y en avait pas de libre à la minute. On faisait le ménage.

Mme veuve Célestine Espar s'est installée dans un autre hôtel et n'est pas retournée dans son appartement parisien. A l'heure où elle faisait un scandale à l'employé des wagons-lits pour une bouillotte, son gendre était étendu mort, lardé de coups de couteau, inondant de sang le tapis du salon.

A l'heure où la vieille Célestine — et son chapeau bleu — exigeait une chambre à Paris, le domestique, à Milan, découvrait le corps de son maître et ameutait tout le quartier.

Le temps pour la police locale de comprendre et d'analyser les témoignages successifs, c'est-à-dire quarante-huit heures, et Interpol diffusait le signalement suivant :

« Sexe féminin, âge quatre-vingt-quatre ans, taille 1,60 m, vêtue soit d'un costume d'homme et d'un chapeau mou, soit d'une robe grise et d'un chapeau bleu. Cheveux gris en chignon, yeux noirs. Signe particulier : grain de beauté sur la joue droite, abondamment velu. Soupçonnée d'assassinat. »

La vieille dame a échappé aux recherches pendant plus d'un mois, car personne ne l'imaginait changeant d'hôtel et de ville tous les jours.

On l'a finalement retrouvée à Marseille et ramenée à Milan. Le rapport d'Interpol dit que l'arrestation fut mouvementée et que la suspecte tenta de fuir en déjouant la surveillance des policiers qui n'avaient pas osé lui mettre les menottes !

Célestine Espar a cependant raconté au juge d'instruction comment elle avait « exécuté » son gendre.

Elle avait choisi le moyen dans un roman policier, sa lecture préférée depuis des années. Un moyen adapté à ses capacités.

— Premièrement : aveugler sa victime en lui jetant du poivre aux yeux par surprise, dans la conversation.

— Deuxièmement : profitant qu'il hurle de douleur et ne voit plus rien, se servir d'un couteau de cuisine, de vingt centimètres de long sur quatre centimètres de large (spécial gigot), pour le faire passer de vie à trépas.

— Troisièmement : ne pas craindre de multiplier les coups, pour être sûre du résultat.

Leonardo Zampelli était donc mort inondé de poivre et de dix-sept coups de couteau spécial gigot.

C'était dans le roman policier que la vieille dame au chapeau bleu transportait dans son sac avec le couteau et la poivrière.

Condamnée à la prison à vie à quatre-vingt-quatre ans, Mme veuve Célestine Espar n'a même pas eu la décence d'écouter le verdict sans protester. Elle a trépigné dans le box :

« C'est un scandale ! »

Ce qui était un scandale, pour Célestine, c'était d'être jugée par des hommes, tous pareils, qu'elle détestait tellement qu'elle aurait bien voulu leur ressembler.

LE LÂCHE QUI DISAIT NON

DANS une rue de Brooklyn, le 2 février 1962 à six heures du soir, une bouteille d'huile d'olive explose. Et un homme ferme les yeux. Il s'appelle Joseph Goldowitz. Il est le fils d'un émigré russe israélite. Il a quarante-deux ans, il est petit, rondouillard, un peu chauve, et il a peur. Il a peur depuis qu'il est enfant, depuis qu'il habite ce quartier populaire de Brooklyn où la violence est reine. Il a peur depuis qu'il a repris ce petit magasin d'alimentation, que son père épuisé a fini par abandonner. Le père de Joseph Goldowitz, le jour où il a laissé le magasin à son fils, lui a dit :

« Tu devras faire comme moi : tu devras payer. Des hommes entreront dans le magasin, tu devras les payer pour être protégé. Si d'autres viennent, ensuite, et veulent te faire payer à leur tour, tu leur diras : je suis protégé par les Italiens. Je ne peux pas payer à deux protecteurs ! C'est comme ça que ça marche, mon fils. Je ne te l'avais jamais dit jusqu'à présent, mais maintenant il vaut mieux te prévenir. Tu peux compter devoir verser tous les mois 50 p. 100 de ton bénéfice aux Italiens. Sans quoi tu n'auras plus de magasin. Bien content s'ils ne te tuent pas pour l'exemple. Tu risques même pire : ils peuvent te mutiler. »

Joseph Goldowitz a répondu à son père : « Je verrai bien. Maintenant, reste à la maison avec maman, je me charge du magasin. »

Car Joseph Goldowitz est d'une race étrange : celle des hommes qui ont peur, qui se sentent faibles mais ne veulent pas céder. Joseph Goldowitz estime que son petit boutiquier de père n'a pas fui la Russie en 1917 pour venir courber l'échine devant des gangsters de New York. S'il l'a fait pendant quarante ans, s'il a payé les racketteurs pour avoir le droit d'exister et de vivre chichement, c'est sans doute parce qu'avant la guerre, entre la crise de 1929 et 1940, les gangsters étaient rois... Mais maintenant, en 1962, les choses ont changé aux États-Unis ! Voilà ce que pense Joseph Goldowitz.

Il pense aussi qu'il y a vingt ans, en 1942, alors qu'il avait vingt-deux ans, il a débarqué en Afrique du Nord et puis en Sicile. Et que, malgré sa peur, il a subi le feu d'enfer des Allemands devant le mont Cassin. Il a été blessé pour la liberté, Joseph Goldowitz, il est même resté infirme du bras gauche. Alors, il estime avoir au moins conquis un droit : celui de vendre une bouteille d'huile d'olive sans être obligé de donner la moitié du bénéfice à une terreur de Brooklyn. C'est ce qu'il pense profondément, Joseph Goldowitz, bien qu'il ait peur, et il a toujours eu peur des coups. Mais il n'a jamais cédé.

Il continue à penser obstinément tout cela en fermant les yeux au moment où Joe le Fou lui fait exploser une bouteille d'huile d'olive sur la tête...

Joe le Fou, en version originale « Crazy Joe », mérite bien son surnom. Il s'appelle en réalité Gorgio Polizzi. Il est pareil à celui qu'il assomme avec une bouteille d'huile d'olive : un fils d'émigré. Mais son père, au lieu de venir de Russie comme celui de Joseph Goldowitz, est parti de cette région déshéritée d'Italie qu'on appelle « les Pouilles », dans le talon de la botte. Et, depuis qu'il est à New York, il vit dans la violence.

Tout jeune, il a commencé à former une bande, un petit gang de mineurs, tous d'origine italienne, qui rançonnaient les prostituées. Des gamins de douze à treize ans, munis de couteaux à cran d'arrêt, qui menaçaient des femmes de dix ans leurs aînées. Elles avaient beau les menacer, à leur tour, des représailles de leurs protecteurs en titre, les « Gnocchis » n'en avaient pas peur.

C'est ainsi que Joe le Fou avait décidé d'appeler leur bande de terreurs en herbe, les « Gnocchis », ces petites boules de pâte à base de pomme de terre que l'on mange dans les régions pauvres italiennes.

A la tête de la bande des « Gnocchis », Joe le Fou a mérité son surnom le jour où il a puni lui-même une prostituée qui refusait de payer un garnement de treize ans : il s'est approché d'elle, un soir par-derrière, et, avec son couteau bien affûté, il lui a « coupé les jarrets », selon sa propre expression. C'est-à-dire qu'il lui a sectionné les artères derrière les genoux en deux gestes. La malheureuse a été retrouvée sur le trottoir, vidée de son sang.

Jamais la police n'a pu prouver que ce voyou de treize ans avait fait ça. Mais cela s'est su. La bande des « Gnocchis » s'est chargée de le faire savoir aux autres prostituées du quartier. Et Gorgio Polizzi est devenu « Crazy Joe » : « Joe le Fou. »

Dans les années 60, étant devenu un homme, si l'on peut dire, il conserve sa bande qui a grandi avec lui. Mais plus personne, dans le quartier de Brooklyn où elle sévit, n'ose plus les appeler les « Gnocchis », ce surnom était bon quand ils étaient mineurs. A présent, on dit les « Italiens ». Et tout le monde paie. Tous les commerçants. Parce que tout le monde sait que Joe le Fou ne menace pas pour rien.

Son domaine incontesté, c'est Brooklyn. Tous les commerçants qui s'y trouvent doivent payer, à la fin de chaque mois, une somme évaluée à 50 p. 100 de leur bénéfice. L'évaluation, bien entendu, c'est Joe le Fou qui la fait. Avec lui, le commerçant est au forfait. Et, s'il a le malheur de rechigner, sa vitrine est brisée ou son magasin saccagé. C'est le premier avertissement. Joe le Fou peut aussi envoyer un guetteur devant son magasin, chargé de repérer tous les clients qui sortent et de les terroriser discrètement : surtout les femmes. Quand une femme a senti, une fois seulement, la pointe d'un couteau contre son ventre, en pleine rue, dans la foule, elle n'a pas besoin qu'on lui dise deux fois de ne plus retourner dans le magasin dont elle sort. Porter plainte ne la protégerait pas. Joe le Fou peut ainsi ruiner en un mois n'importe quel commerçant de son quartier. La police le sait, bien entendu : elle n'attend qu'une occasion de le coincer, lui ou l'un de ses hommes... Mais pour cela il faudrait une plainte. Une seule suffirait. Malheureusement, personne n'ose témoigner le premier : tout est là. C'est bien pourquoi Joe le Fou fait fortune, comme tous les racketteurs : parce qu'il entretient la peur comme un feu qui couve et ne flambe jamais.

Le père de Joseph Goldowitz a payé jusqu'à présent comme les autres commerçants, pour protéger son petit magasin d'alimentation. De toute façon, avant les Italiens c'étaient les Portoricains. Si ce n'est pas l'un, c'est l'autre : il y a toujours eu, dans ce quartier, quelqu'un pour racketter.

Mais voilà tout à coup que, face à la terreur de Brooklyn, face à Joe le Fou, se dresse un petit homme gras, chauve et peureux : Joseph Goldowitz, successeur de son père, huile d'olive au détail. Il refuse de payer. Il est complètement fou, que cherche-t-il ? Il y a longtemps, justement, que Joe le Fou n'a pas fait d'exemple. Il est bon de rappeler de temps en temps qu'il est là.

C'est pourquoi, le 2 février 1962, à six heures du soir, Joe le Fou entre dans la boutique de Joseph Goldowitz, lui-même, et tout seul. Il est comme ça, Joe le Fou : il n'envoie pas un de ses hommes. Les hommes sont faits pour encaisser. A la rigueur, pour les petites représailles. Mais, quand c'est sérieux, le patron s'en charge lui-même. Et là, c'est du sérieux : parce que ce petit commerçant gras et chauve non seulement ne veut pas « cracher au bassinet » tous les mois, comme le faisait son père, mais commence à vouloir monter la tête aux autres. Il essaie de les grouper en « comité de défense » ! En leur expliquant que, s'ils portent tous plainte en même temps, Joe le Fou ne pourra pas les tuer tous et qu'il sera coincé.

Il leur a même dit :

« Si les moutons d'un troupeau voulaient étouffer le loup, il suffirait qu'ils en aient l'idée tous en même temps. »

Joe le Fou est au courant par un de ses mouchards de cette tentative de subversion, et il est temps d'agir.

Les petits tubes métalliques sonnent comme un carillon en haut de la porte du magasin. Joe le Fou est entré. Il se plante devant ce minable qui ose le défier. Il contemple cet homme chauve, petit, replet, au visage mou. Et il ne comprend pas. Il demande d'un ton incrédule :

« C'est toi l'homme qui ne veut pas payer ma protection ? »

Incroyable : Joseph Goldowitz a de la peine à répondre ! Il transpire. Son regard bleu, derrière ses lunettes rondes, exprime une frayeur intense, et pourtant il répond :

« Oui, c'est moi.

— Et tu prétends que tu n'as pas peur ? Tu t'es regardé ? »

Joseph Goldowitz avale sa salive et répond :

« Il y a longtemps que je me suis regardé. Je me suis regardé pendant la guerre, j'avais peur. Maintenant, j'ai peur. Tu me fais peur, Joe le Fou, parce que tu n'es pas un être humain. Et parce que tu vas me faire mal... Tu es obligé de me faire mal, et tu sais pourquoi ? Parce que toi aussi tu as peur ! Tu as peur que les autres n'aient plus peur ! C'est pourquoi tu vas faire quelque chose maintenant. Alors, fais-le ! Seulement je t'avertis, ce n'est pas parce que tu me feras peur que tu me feras payer. »

Joe le Fou n'en revient pas, il n'a jamais été provoqué de cette façon et provoqué par un lâche !

Joe le Fou saisit sur le comptoir, par le goulot, une bouteille d'huile d'olive. Et, d'un seul geste où il met toute sa force et aussi toute sa rage, il l'abat sur le crâne chauve de Joseph Goldowitz. Le petit homme s'effondre derrière son comptoir. Et sa tête ne sera pas belle à voir quand les policiers arriveront : sang et huile mélangés, ce qui fera un excellent effet pour entretenir la terreur.

Joe le Fou est ressorti du magasin. Le petit carillon de tubes métalliques résonne après qu'il a claqué la porte. Il est calmé, et content de lui. Il a tort. Car il y a deux types d'adversaires dangereux : le courageux inconscient et le lâche obstiné. Joseph Goldowitz est un lâche obstiné. De plus, s'il saigne beaucoup, il n'est pas mort. Voilà pourquoi Joe le Fou vient de commettre l'erreur de sa vie.

Quand les agents du commissariat de Brooklyn font irruption dans le magasin de Joseph Goldowitz, ils déclenchent à nouveau le petit carillon de tubes métalliques en haut de la porte.

Joseph Goldowitz, effondré derrière son comptoir, ne se relève pas. Il est dans le coma. La bouteille d'huile d'olive a littéralement explosé sur son front. L'huile et le sang mêlés sur son visage en font un masque gluant assez horrible à voir. La première réaction des agents est de le croire mort, et le sergent dit :

« Ne le touchez pas en attendant la criminelle ! »

Joseph Goldowitz a l'air d'avoir le crâne fracturé parce que les blessures à la tête saignent toujours beaucoup. En fait, il n'a qu'un traumatisme crânien. Et il s'est formé, sous l'os frontal, une hémorragie interne qui est en train de comprimer le cerveau. Elle a eu le temps de s'étendre, car il s'est bien écoulé dix bonnes minutes avant que l'un des commerçants voisins, apeurés, se décide à appeler la police.

Le médecin légiste constate que le pouls bat toujours faiblement et aussitôt fait appeler une ambulance. Joseph Goldowitz est déposé sur une civière avec d'infinies précautions... Quand ils le voient sortir, allongé, la tête comme un horrible masque, maculé d'huile et de sang, les commerçants de la rue hochent la tête. Ils le savaient bien ! On ne résiste pas au racket. Surtout quand il s'agit d'un Joe le Fou. Il est bien mal parti, le « comité de défense » des commerçants de Brooklyn. Avorté dans l'œuf.

Dans les jours qui suivent, les « encaisseurs » de Joe le Fou annoncent à tous les commerçants du quartier une augmentation de 10 p. 100 de la redevance de protection, à titre d'avertissement ! Pour avoir osé écouter d'une oreille complaisante les exhortations de Joseph Goldowitz. Pour avoir eu seulement l'idée de se défendre.

Le 10 mars, après des semaines de lutte

contre la mort, Joseph Goldowitz sort de l'hôpital. Hélas ! il ne sera jamais plus le même. L'hémorragie cérébrale a provoqué chez lui des crises d'épilepsie. Elles dureront toute sa vie, les médecins l'ont prévenu. Elles le prendront toujours brutalement, et sans prévenir. Il ne pourra jamais plus conduire ni même traverser une rue tout seul... S'il veut reprendre son magasin, il faudra que sa femme se tienne sans arrêt à côté de lui. Sa femme, qui verra venir les envoyés de Joe le Fou pour encaisser et Joe le Fou lui-même. Car il viendra sans doute les narguer, et la terreur va recommencer !

Cette fois, il faudra payer ou se laisser tuer.

Joseph Goldowitz a tout cela en tête quand il sort de l'hôpital. C'est pourquoi il demande à un taxi de l'amener directement au commissariat de Brooklyn. Et là, il déclare :

« Je m'appelle Joseph Goldowitz. Je sors de l'hôpital. Je viens déposer une plainte contre Gorgio Polizzi, dit Joe le Fou. Je l'accuse d'avoir tenté de me tuer avec une bouteille. Je l'accuse d'être le grand patron du racket des commerçants de Brooklyn. Je peux vous donner les noms de tous les membres de sa bande, et aussi ceux de tous les commerçants qui paient. D'ailleurs, c'est simple, ils paient tous. Excepté les magasins qui appartiennent à Joe le Fou. Je vous donnerai aussi les noms de ses hommes de paille. Je suis prêt à témoigner.

Mais, si vous voulez me garder en vie jusqu'au procès, vous avez intérêt à me protéger, ainsi que ma famille. »

Immédiatement, la déposition de Joseph Goldowitz est enregistrée. Et, contrairement à ce que l'on pourrait croire, il est efficacement protégé jusqu'au procès... Bien que Joe le Fou, arrêté, ait payé une caution de 250 000 dollars pour être mis en liberté provisoire ! C'est au procès que cela se gâte : Joseph Goldowitz, au beau milieu de sa longue déposition, devient pâle. Son regard devient fixe. Il ne tombe pas, mais pendant plusieurs secondes il est complètement égaré. Il tremble, il a des tics aux paupières. Puis il reprend son témoignage comme s'il ne s'était rien passé. Ce qui vient de lui arriver, c'est la manifestation principale de ce que l'on appelle « le petit mal », c'est-à-dire la petite épilepsie. Le sujet reste conscient, lucide, mais pendant plusieurs secondes il est absent. Il peut aussi avoir des tics ou des convulsions si l'épilepsie se généralise.

L'avocat de Joe le Fou bondit sur l'occasion !

« Votre Honneur, je demande qu'il soit retenu que celui qui nous accuse est un épileptique. C'est-à-dire un cerveau dérangé. Son témoignage, pas plus que ses accusations contre mon client, ne peut être retenu. »

Bien entendu, l'avocat de Joseph Goldowitz, indigné, bondit à son tour :

« Votre Honneur, les crises d'épilepsie de mon client sont le plus éclatant témoignage de la vérité de ses accusations. Elles sont la conséquence de l'agression dont il a été la victime de la part de Gorgio Polizzi, dit Joe le Fou, ici présent. Qui lui a sauvagement brisé une bouteille sur la tête, parce qu'il refusait de se soumettre au racket ! »

Alors, la salle d'audience devient un tohu-bohu. Et, dans les jours suivants, le procès qui devrait condamner Joe le Fou devient celui de sa victime : le procès de l'épilepsie. Les experts défilent. Ils dissertent sur le « haut mal », sur le « petit mal ». Les uns affirment qu'un épileptique est un sujet conscient et normal, sauf pendant sa crise. Ils ont évidemment raison. Ils en concluent que le témoignage de Joseph Goldowitz devant une cour peut être retenu, même s'il est interrompu par une crise. Mais les contre-experts, convoqués par les avocats de Joe le Fou, affirment qu'un homme atteint d'une lésion cérébrale ne peut être retenu comme témoin. C'est énorme, bien entendu, car cette lésion, tout le monde sait à qui le témoin la doit. Mais personne ne peut le prouver. Il n'y a que l'accusation de Joseph Goldowitz pour pouvoir condamner Joe le Fou, donc à dire qu'il l'est un peu lui-même.

Or, durant les audiences, il fait de plus en plus mauvaise impression ; quand il n'est pas victime d'une crise, il a l'air drogué. Il répond parfois d'une manière évasive, il a des trous de mémoire...

Il y a une raison à cela : pour soigner son épilepsie, le malheureux est obligé de prendre tous les jours du Phénobarbital, un puissant tranquillisant. Joseph Goldowitz finit par en être en permanence légèrement abruti, et les avocats de Joe le Fou triomphent devant ses hésitations :

« Vous voyez bien que cet homme n'est pas normal !... Ses accusations sont nées d'un cerveau malade !... »

Dans son box, Joe le Fou arbore un sourire de commisération : c'est ça, l'homme qui l'accuse de racket ? A la sortie des audiences, il triomphe. Il donne des conférences de presse : « Je ne suis qu'un Américain comme les autres ! »

Mais cependant, peu à peu, le courage de Joseph Goldowitz commence à impressionner. Car cet homme est finalement le courage même, et il faut qu'il soit courageux pour parler comme il le fait lors d'une audience où il a, semble-t-il, récupéré sa lucidité pour un temps.

« Votre Honneur, je ne suis pas plus courageux que tous les autres commerçants de Brooklyn qui paient régulièrement les hommes de Joe le Fou parce qu'ils ont peur.

« J'ai toujours eu peur. J'ai eu peur en débarquant en Sicile, j'ai eu peur devant le mont Cassin, j'ai eu peur devant Joe le Fou quand il est entré dans mon magasin ! Je savais qu'il allait me faire mal, me blesser ou me tuer ! Mais je savais aussi une chose : il ne pouvait pas me forcer à payer. Parce que j'avais décidé que non ! Et, si tous les commerçants rackettés étaient comme moi, cet homme ne pourrait rien faire, car il suffirait que tous les moutons d'un troupeau le veuillent en même temps pour étouffer le loup. C'est toujours ce que je dis, Votre Honneur. »

La réaction à cette attitude obstinée de Joseph Goldowitz, la publicité faite, dans les journaux de New York, autour de son cas d'épilepsie consécutive à l'agression de Joe le Fou se manifestent au début de la deuxième semaine du procès. Ce jour-là, le 12 juin 1962, l'avocat du petit épicier sollicite l'audition de soixante-treize témoins, pas un de moins : soixante-treize commerçants qui déposent plainte contre Gorgio Polizzi, dit Joe le Fou, pour violences, menaces de mort et extorsions de fonds. Dont trois commerçants qui affirment l'avoir vu entrer et sortir de la boutique de Joseph Goldowitz à l'heure où celui-ci a été frappé. Enfin !

Le 13 juin, Joe le Fou, prévenu en liberté sous caution, ne se présente pas à l'audience. Il disparaît, abandonnant la caution de 250 000 dollars. Le 3 août, il est arrêté à Caracas grâce au signalement diffusé par Interpol, au moment où il allait s'embarquer sous une fausse identité pour le Canada. Extradé aux

États-Unis, il est condamné à douze ans de détention en 1963. C'est dire qu'il est à nouveau libre, à présent.

Quant à Joseph Goldowitz, il n'a pu reprendre son magasin à cause de sa santé. Où qu'il soit, une chose est certaine, il est toujours épileptique, avec des absences et, probablement, de temps en temps des convulsions. Mais il n'a sûrement plus peur de rien, à force de prendre les tranquillisants qu'il est obligé d'absorber jusqu'à la fin de ses jours.

Car on ne peut pas soumettre un faible qui s'obstine. On ne peut que lui faire du mal.

QUAND UN JUGE RENCONTRE UN AUTRE FOU...

DEPUIS Al Capone, Chicago reste — avec des hauts et des bas — la capitale du crime. En 1972, entre le 27 août et le 21 septembre, soit moins d'un mois, on y dénombrait cinquante-cinq meurtres, la plupart des victimes étant de jeunes et jolies filles comme Doris Colley.

Dix-sept ans, des chevilles fines, un visage d'ange, une longue chevelure blonde cascadant sur son dos, Doris est une jeune fille sportive qui mesure presque 1,80 mètre. C'est dire que, malgré ses dix-sept ans, pour qu'un homme lui fasse peur il faut qu'il présente un certain gabarit. Et elle se sent très en sécurité en se rendant à son école dans la Lincoln Avenue, à 900 mètres de chez elle.

Ses parents, eux, sont moins rassurés. Ils se plaignent de son imprudence et, chaque fois qu'un crime est commis, lui brandissent le journal sous le nez. Car une jolie fille, à Chicago, sait ce qu'est un crime, un viol, et que la rue est une jungle plus dangereuse que la forêt vierge.

Doris Colley n'a pas été élevée la tête dans un sac. Lorsqu'elle avait quinze ans, ses parents l'ont obligée à suivre dans le journal l'affaire de Caroline et de Deborah.

Le 23 septembre 1973, de bon matin, un homme en survêtement, qui accomplissait son jogging quotidien dans le Washington Park de Chicago, se trouve brusquement devant les cadavres habillés de deux jeunes filles. Elles n'avaient pas été violées. Toutes deux étaient mortes d'une balle de calibre 32 dans la tête. Pas de sac ni de traces permettant de les identifier. Toutefois, l'une des deux, très jeune, pouvait être Ida Hoffman, qui s'était enfuie de chez ses parents le 10 août.

Seulement, le 24 septembre, Ida Hoffman se présentait spontanément, vivante et en pleine forme. Elle en voulait beaucoup à ses parents, mais pas au point de leur laisser croire qu'elle était morte.

Alors, tous les parents de Chicago qui avaient perdu leur fille venaient reconnaître les deux corps. Un père reconnaissait sa fille Caroline. Une mère reconnaissait Deborah. Les deux jeunes filles habitaient le même quartier et se connaissaient. Peut-être la veille au soir s'étaient-elles donné rendez-vous. Dans ce cas, le drame se serait produit assez tard dans la nuit, car Deborah avait ce soir-là gardé les enfants d'un homme d'affaires. Peut-être Caroline était-elle venue chercher Deborah pour rentrer chez elles ensemble, et, pour gagner au plus court, elles auraient traversé le Washington Park ?

« Vous plaisantez ? disait l'homme d'affaires. Une jeune fille comme Deborah n'aurait jamais eu l'idée de traverser le Washington Park de son plein gré ! Autant vouloir traverser un fleuve plein de crocodiles. »

Comme Caroline et Deborah faisaient souvent de l'auto-stop pour économiser des tickets de bus, peut-être avaient-elles été assassinées par le conducteur qui les avait chargées. Mais, dans ce cas, pourquoi les avoir retrouvées dans le Washington Park ? Pourquoi ne les avait-on pas violées ? Pourquoi les avoir simplement tuées d'une seule balle dans la tête ?

Conclusion : Doris Colley avait promis à ses parents de ne jamais mettre les pieds dans Washington Park, mais elle ne tint pas sa promesse.

Lorsqu'elle eut seize ans, la découverte de deux autres cadavres aurait dû la rendre plus prudente. Il s'agissait encore de deux jeunes filles qui, souvent, faisaient de l'auto-stop. Quinze et dix-sept ans. Leurs cadavres, très décomposés, découverts dans le Washington Park, étaient à peu de distance l'un de l'autre. Malheureusement, l'enquête n'apporta aucun élément nouveau. Elles n'avaient pas été violées, mais tuées d'une seule balle de calibre 32 dans la tête.

Le cas de Gloria, vingt-cinq ans, était différent. Elle avait été frappée de six coups de couteau dans la poitrine et au bras droit, dans son appartement. Elle n'avait pas d'ennemis et n'avait pas été violée. Elle vivait encore lorsqu'on la découvrit, mais elle mourut à l'hôpital. Peu avant le meurtre, on l'avait vue avec un ouvrier.

« Il était un peu plus grand qu'elle, déclara un témoin. Il devait avoir entre quarante et cinquante ans et peser dans les soixante-dix kilos. »

« Méfie-toi des ouvriers entre quarante et cinquante ans », dirent les parents de Doris Colley, qui baissa les épaules de lassitude.

Une nuit, un boulanger reçut un coup de téléphone :

« Vous ne reverrez jamais votre fille », lui dit une voix d'homme inconnue.

Le boulanger revit sa fille mais morte, deux balles dans la tête. Elle n'avait pas été violée.

Par contre, Sally, quatorze ans, dont on retrouva le cadavre quatre jours plus tard, avait été violée. De même que Kathleen que l'on avait frappé à mort avec un caillou. Toutes deux avaient été emmenées en voiture.

« Surtout pas d'auto-stop ! » suppliaient les parents de Doris Colley.

Judith fut enlevée alors qu'elle se rendait chez une amie. Son corps démembré fut placé dans deux caisses de métal et jeté dans le lac Michigan. Mais, cette fois, l'enquête fit un pas. Dans la rue où se trouvait le magasin qui utilisait ces caisses de métal demeurait un garçon bizarre, renfermé et brutal : Angelo Miatti. C'est un Sicilien, installé depuis quelques années seulement à Chicago. Interpol a sur lui un dossier qui est loin d'être vierge. En 1941, il aurait abattu deux hommes, soi-disant en état de « légitime défense », avec un revolver calibre 32. On ne retint pas contre lui l'assassinat. Mais, comme il vivait avec une jeune fille de quinze ans, il fut condamné à deux années de prison pour incitation de mineure à la débauche.

En 1934 et 1941, il fut arrêté dix fois en Italie, et, depuis qu'il est aux États-Unis, il a été arrêté neuf fois, dont une pour meurtre avec un revolver calibre 32. Mais il s'agissait du meurtre d'un homme qui, paraît-il, essayait de le voler.

C'est alors que la police a l'idée de montrer sa photo à deux autres jeunes filles. Ces deux jeunes filles, il y a deux ans, ont refusé de monter dans la voiture d'un homme qui leur montrait une plaque de police en brandissant un revolver. Comme elles avaient pris leurs jambes à leur cou, il les avait poursuivies à travers les rues en hurlant :

« Attention, je vais tirer ! Attention, je vais tirer ! »

Elles s'étaient finalement réfugiées dans une église. Lorsqu'on leur montre les photos du dénommé Angelo Miatti, grand, mince et soigneusement rasé, avec une raie séparant une abondante chevelure brune, elles le reconnaissent formellement. Or, si l'on ne retrouve pas le revolver calibre 32, par contre Miatti possède les outils qui furent nécessaires au découpage de Judith Anderson. Ceci ne constitue pas une preuve, mais, tout étant contre lui, une expertise psychiatrique est demandée par l'instruction. Il en ressort que Miatti est un être profondément asocial, à tendance paranoïaque dangereuse.

Or, l'incroyable se produit. Le magistrat qui devait juger Miatti étant en vacances, le juge qui le remplace, ne connaissant pas le dossier, estime qu'il ne contient aucune preuve formelle de sa culpabilité ! Il conclut à un non-lieu, et voici donc Angelo Miatti libre de rencontrer Doris Colley.

Le 13 décembre, à sept heures trente de l'après-midi, Doris revient de chez une amie. Elle s'arrête au coin de l'avenue pour attendre l'autobus qui doit la ramener chez elle. Elle ne ressent pas l'ombre d'une inquiétude. Mais la tête pleine de recommandations de ses parents qui ont répété cent fois de ne jamais ouvrir son sac dans l'autobus par crainte des pickpockets, elle prépare sa monnaie.

Penchée sur son sac où elle compte le nombre exact de pièces, elle attire l'œil, dans un ravissant petit manteau de fourrure grise, une toque également de fourrure grise de travers sur sa tête et d'où s'échappe une immense chevelure blonde. Ce sont certainement sa beauté et son élégance qui poussent le conducteur d'une Ford bleue à s'arrêter devant elle et à baisser sa vitre.

« Pardon, mademoiselle, la Lincoln Avenue ? »

Pour répondre, instinctivement, Doris — qui était déjà penchée sur son sac — avance son front presque jusqu'à passer la tête par la portière.

C'est alors que deux mains la happent par le cou, tellement fort qu'elle se sent presque tirée dans la voiture. Quelque chose de lourd heurte sa tête et elle perd connaissance.

Lorsqu'elle reprend connaissance, elle voit la lumière des phares éclairer la rue devant elle et sent une ceinture de sécurité barrer sa poitrine. Le souvenir lui revient immédiatement, et elle tourne la tête pour voir le conducteur. Il est brun, impassible, une raie sur le côté sépare son abondante chevelure noire. A son tour, il la regarde un bref instant :

« N'essayez pas de retirer votre ceinture, vous ne pourriez pas. C'est un système spécial. »

Doris se rend compte que la voiture se dirige vers le sud.

« Où m'emmenez-vous ? demande la jeune fille. Qu'est-ce que vous voulez faire ?

— Dans ce coin, on a tué beaucoup de conducteurs ces temps derniers. Je suis policier et je fais une enquête.

— Ah ! Et pourquoi m'avez-vous emmenée de force ?

— Qu'est-ce que vous faisiez au coin de la rue ?

— J'attendais l'autobus.

— L'arrêt est beaucoup plus loin. J'ai trouvé votre attitude suspecte, et je vous emmène en bas de la ville pour enregistrer vos déclarations. »

Doris connaît suffisamment le jargon des policiers et des truands de Chicago pour savoir que, lorsqu'on dit « en bas de la ville », cela désigne le commissariat central. Mais, malgré ses dix-sept ans, elle estime que la façon dont elle a été chargée de force dans la voiture est vraiment peu orthodoxe pour des policiers. Cependant, loin de perdre son sang-froid, elle réplique :

« Écoutez, je ne crois pas un mot de votre histoire. Mais jusqu'à présent ce n'est pas bien grave. Alors on devrait en rester là. Vous me descendez ici et on n'en parle plus. »

L'homme lui montre alors une plaque avec une expression hautaine. On dirait bien une plaque de police sur laquelle elle ne peut lire que le mot « Chicago ». Mais, bien que la plaque semble authentique, Doris insiste :

« Votre arrestation, c'est du bidon ! Si vous êtes un vrai policier, vous me demandez mon adresse et vous venez m'arrêter chez mes parents.

— Non. Ce que je fais, c'est le seul moyen. »

Et le conducteur fronce les sourcils. Quand il fronce les sourcils, ses cheveux s'abaissent très bas sur son front qui devient tout petit, tout étroit. Et il répète d'un air bizarre, comme s'il voulait se convaincre lui-même :

« C'est le seul moyen, le seul. »

Doris pense : « Cet homme est fou »... Alors seulement elle a peur. Vraiment peur. Non seulement elle est persuadée que ce n'est pas un véritable policier, mais elle se souvient de tous les crimes dont elle a lu les récits dans les journaux. Elle remarque que son enlèvement ressemble à tant d'autres qui se sont si mal terminés... Et, bien entendu, un nom lui traverse l'esprit : Angelo Miatti, dont toute la presse a parlé. Pourtant, elle ne perd pas tout à fait son sang-froid et c'est d'une voix encore claire qu'elle remarque :

« Ce n'est pas le chemin du commissariat central...

— Si, répond l'homme, je prends un raccourci. »

Sa situation étant pourtant affolante, Doris réfléchit et tente d'user d'arguments psychologiques.

« Écoutez, dit-elle, je vous propose d'aller boire un verre.

— Je n'ai pas le temps.

— Je vous promets que je ne donnerai pas l'alarme, insiste la jeune fille, et ça vous donnera le temps de réfléchir.

— Je n'ai pas à réfléchir.

— Alors, n'allons pas chez vous. Si vous m'emmenez chez vous, vous aurez peur que je puisse vous dénoncer. Alors, vous serez obligé de me tuer.

— Me dénoncer ? Vous croyez que je veux vous violer ? Il n'en est pas question.

— Alors, qu'est-ce que vous allez me faire ?

— Vous allez le savoir très vite. Nous sommes arrivés. »

Un crissement de pneus sur le gravier. Les phares balaient une rue de banlieue, puis se braquent sur un garage dont la porte est ouverte, et la voiture s'y engouffre. L'homme sort de sa voiture et, tandis que Doris se tortille sur son siège sans pouvoir se détacher, il referme la porte du garage.

Quelques instants plus tard, Doris se retrouve attachée au radiateur du chauffage central. L'homme lui a noué hâtivement une corde autour des deux poignets. Il a procédé si vite qu'à son poignet gauche la corde est enroulée autour du très large bracelet-montre de la jeune fille. C'est un bracelet en métal qu'elle réussit quelquefois à enlever sans en défaire la fermeture.

L'homme, un revolver passé dans sa ceinture, a sorti d'un placard une bouteille de whisky et un verre.

« Vous en voulez ? » dit-il.

Elle faït « non » de la tête.

« Dommage, ça vous aurait relaxée un peu. »

Il se verse un grand verre qu'il boit d'un trait en l'observant attentivement des pieds à la tête. Doris, malgré la peur panique qui l'a envahie, se demande par moments si ce n'est pas tout simplement un cauchemar.

Après dix minutes, alors qu'il a bu un deuxième verre, elle ne peut s'empêcher de lui demander, au risque de précipiter un mouvement qui n'est cependant pas souhaitable :

« Vous êtes Angelo Miatti.

— Oui.

— Alors, qu'est-ce que vous voulez faire ? »

Elle était bien loin de s'attendre à la réponse...

« Vous êtes si jeune, si jolie et si pleine de santé que je vais procéder à l'ablation de vos organes vitaux. Je travaille pour une organisation qui les achète très cher pour les greffer sur les vieilles gloires de Hollywood. »

La malheureuse jeune fille manque de s'évanouir, puis se demande avec angoisse de quels organes vitaux il s'agit... A moins que la maison ne contienne une salle d'opération, on ne procède pas à une ablation d'organes dans une villa de banlieue après avoir vidé deux grands verres de whisky. Elle a donc encore du temps devant elle. Quant à greffer des organes aux vieilles gloires de Hollywood, ça ne tient pas debout. Ce Miatti est complètement fou. D'ailleurs, il s'est assis devant elle sur une chaise, et il ne semble pas vouloir passer à l'action. A aucune action quelle qu'elle soit. Il semblerait qu'il ait plutôt envie de parler.

« De quelle organisation s'agit-il ? demande la jeune fille d'une voix blanche.

— Une organisation communiste. Vous ne reconnaissez pas mon accent russe ?

— Mais pourquoi faites-vous ce trafic des organes vitaux ?

— Parce que nous avons besoin d'argent. Il nous en faut beaucoup pour faire triompher notre cause... Vous savez, ce n'est pas pour moi que je travaille, mais pour l'humanité. »

Et Angelo Miatti parle, parle, parle. De la cause, de sa foi dans la cause. Il est intarissable, et ses propos sont totalement incohérents. D'autant plus incohérents que, toutes les dix minutes, il boit un grand verre de whisky.

De son côté, Doris observe qu'il a des gestes imprécis et qu'il ne serait pas tellement difficile de saisir le revolver passé dans sa ceinture.

Au bout d'une heure, Angelo parle toujours, et il ne craint pas de sortir de temps en temps du garage par une porte intérieure donnant directement dans l'antichambre de la villa. Chaque fois il parle un peu plus fort, pour que

Doris continue de l'entendre. Pendant une de ses absences, Doris parvient à sortir sa main du bracelet-montre et du filin qui l'entourait. Elle se garde bien toutefois de montrer qu'elle a une main libre, car, lorsqu'il revient, Miatti reste hors de portée.

Pour la convaincre qu'il dit la vérité, le dément — car c'est un dément authentique — décroche le téléphone de l'antichambre et compose le numéro de ce qu'il appelle « l'organisation », un numéro de trois chiffres. Il converse alors avec un interlocuteur imaginaire :

« Oui. Cette fois, vous serez content. J'ai une fille épatante. Elle doit avoir des organes impeccables. »

Lorsque Miatti revient, Doris lui demande si elle pourrait avoir un petit peu de whisky.

« Mais certainement. »

Il s'approche d'elle en titubant, un verre à la main. Dès qu'il est à sa portée, Doris tend la main pour saisir le revolver. Elle l'atteint et parvient même à glisser le doigt sur la gâchette, mais, en voulant s'en saisir en même temps qu'elle, il a glissé lui aussi un doigt sous la gâchette, de sorte que Doris ne parvient pas à appuyer de toutes ses forces. Elle écrase son doigt, mais le coup ne part pas.

Alors, elle se met à le frapper à coups de pied et à se débattre avec une telle vigueur que, brusquement, le visage de l'homme pâlit. Sa bouche s'ouvre grande comme s'il souffrait le martyre. Il ne songe même pas à ramasser le revolver qui est tombé sur le sol. Il s'écarte, se retourne et, titubant, les bras en avant, marche vers la porte qui communique avec la villa. Il y a une petite marche pour passer du garage dans la villa. Elle paraît être pour lui un obstacle insurmontable. Il saisit à deux mains le chambranle de la porte pour se hisser et, n'y parvenant pas, tombe sur les genoux. Puis s'affaisse définitivement en avant.

Lorsque quatre heures après son enlèvement les voisins, alertés par les appels au secours de Doris, entrent avec la police, ils découvrent celle-ci encore attachée au radiateur. Miatti est mort sans même avoir réussi à pénétrer dans sa villa. Dans la salle de bain, les policiers trouvent les médicaments destinés aux cardiaques en cas de crise aiguë.

Ainsi donc, Miatti — le fou assassin des jeunes filles — était cardiaque. Épuisé dans sa lutte contre Doris, saisi d'une crise subite, il était mort avant d'avoir atteint ses médicaments.

L'extraordinaire sang-froid de Doris Colley lui avait permis de rester en vie...

Mais l'extraordinaire stupidité d'un juge avait permis de remettre en liberté un malade mental dix fois assassin...

L'Amérique entière s'est posé la question de savoir pourquoi, ce qui n'a pas servi la carrière dudit juge.

LA TACTIQUE DU GENDARME

LE percepteur est mort. La balle de 7,65 est entrée par la tempe droite et est ressortie par la tempe gauche. Le trou de la tempe droite est rond et net. Le trou de la tempe gauche est plus grand, déchiqueté. Il est aussi un peu plus bas.

Le percepteur est couché en « chien de fusil », les genoux repliés. A côté de sa main ouverte, un petit pistolet de calibre 6,35 est resté inutilisé. Le chargeur est plein.

A bien y regarder, le percepteur a d'abord voulu se battre à mains nues contre son agresseur : il a reçu un coup au visage, et il est tombé sur le parquet de sa chambre. Alors il a sorti son petit pistolet de sa poche, et il a commencé à se relever. Le percepteur était un homme courageux, car il est mort à genoux, mais en se battant.

Ce 20 août 1952, dans la petite ville du midi de la France, la nouvelle de l'assassinat du percepteur fait grand bruit. Le percepteur Georges Devaux est mort entre minuit et une heure du matin, dans son petit logement, au premier étage de la perception.

L'assassin devait savoir qu'il était célibataire et ne rentrerait que tard ce soir-là, car il allait être muté prochainement et fêtait son départ au Café de la Gare, en compagnie de ses amis. Car le percepteur avait des amis. Nonobstant sa profession, c'était un brave homme. Il était assez autoritaire avec son personnel, intransigeant avec les fraudeurs, mais charmant dans la vie privée : peut-être un peu coléreux quand il perdait à la belote, mais sans rancune.

D'ailleurs, le commissaire divisionnaire Jean-Paul Guichard, qui s'est déplacé lui-même, écarte aussitôt le crime de vengeance. Les contribuables mécontents n'étaient pas légion autour du percepteur.

Le commissaire est accompagné de l'un de ses jeunes collaborateurs, l'inspecteur Juillet, et il ne peut s'empêcher de faire une démonstration à ce policier de moins de trente ans qui n'est pas « passé par les écoles ». Une sorte de cours de police, dont le premier chapitre est intitulé « comment faire les premières constatations matérielles ». D'ailleurs, le commissaire est l'auteur d'un manuel à ce sujet qui fait autorité.

« Regardez, Juillet, l'agresseur est passé par la porte de derrière en prenant une échelle. Il a fracturé la porte. C'était facile, il n'y avait qu'un simple verrou. Entre parenthèses, ce n'est pas sérieux : pour un logement de fonction qui communique avec la perception par un escalier intérieur, il aurait dû y avoir une serrure de sécurité au moins. Encore fallait-il le savoir, et l'assassin le savait sûrement. Comme il savait sans doute que le percepteur était costaud, courageux et armé. Conclusion : il connaissait les lieux. Il savait aussi que le percepteur, ce soir-là, en avait au moins pour jusqu'à minuit au café. Il est donc venu avant minuit, il a fracturé la porte, et il a attendu que le percepteur revienne pour l'obliger à ouvrir le coffre. Il y a au moins deux constatations matérielles qui le prouvent. Vous voyez lesquelles, Juillet ? Ça crève les yeux ! »

« Ça crève » peut-être les yeux, mais l'inspecteur Juillet ne voit pas. Il a l'air très embarrassé devant son supérieur. Il doit sa promotion à sa brillante conduite pendant la guerre. C'est un costaud un peu rougeaud, courageux, et d'une intelligence sans grande finesse apparemment.

« Alors, Juillet, vous ne voyez rien ?

— Non, monsieur le divisionnaire... A première vue.

— Ne m'appelez donc pas toujours monsieur le divisionnaire ! C'est agaçant ! Vous êtes là à me regarder comme si j'allais sortir l'assassin de mon chapeau ! Regardez donc plutôt autour de vous ! D'abord, vous voyez bien que le percepteur a reçu un coup au visage et que son col de chemise est arraché. Donc, il s'est battu. D'ailleurs il va falloir analyser le sang sur le parquet, car il a pu blesser son agresseur. Maintenant, regardez la position repliée du corps. Et observez le trou d'entrée de la balle qui l'a tué : il est un peu plus haut que le trou de sortie, sur la tempe gauche. La balle a donc été tirée un peu de haut en bas. Or le percepteur était grand. Tout cela veut dire qu'il a été tué quand il était à genoux. Résumé : il s'est battu, il a reçu un coup. L'assassin ne voulait pas le tuer, mais lui faire dire la combinaison du coffre. Il a été surpris par sa résistance : bagarre, le percepteur tombe, sort son petit calibre 6,35 de sa poche et, avant de pouvoir tirer, reçoit une balle dans la tempe ! D'après le trou, c'est du 7,65. La balle est sûrement quelque part par là ! »

Tout en se courbant pour chercher la balle, le commissaire continue sa démonstration.

« Notez bien, Juillet : le fait qu'il n'ait pas sorti son revolver tout de suite contribue à faire penser qu'il connaissait son agresseur et qu'il ne s'est pas vraiment méfié au début. Eh bien, Juillet, qu'est-ce que vous avez ? »

L'inspecteur Juillet, ce costaud sanguin, a l'air un peu pâle. Il répond d'une voix incertaine :

« Ce n'est rien, monsieur le divisionnaire.

C'est tout ce sang, ces débris de cervelle. »

Pour un homme qui a combattu dans la Résistance et fait quatre ans d'Indochine, l'inspecteur Juillet est bien sensible, pense le commissaire.

Ne trouvant toujours pas la balle qui a dû ricocher quelque part après avoir traversé la tête du malheureux fonctionnaire, il demande à l'inspecteur :

« Et ce râtelier vide, au mur ? Ça ne vous dit rien ? Vous voyez bien qu'il y manque un fusil ! Où est passé le fusil du percepteur ? Tout le monde savait que le percepteur était champion du tir au pigeon ! Dieu sait si on le plaisantait là-dessus. Il était champion départemental et possédait un excellent fusil chambré à 70 millimètres. Une « canardière », et il savait s'en servir ! Il le gardait ici, dans sa chambre, manifestement, sur ce râtelier. On voit encore la trace en clair sur la peinture du mur ! Alors, Juillet, qu'est-ce que vous en concluez ? »

Le commissaire divisionnaire est de plus en plus agacé par l'inspecteur Juillet. Cet homme, qui a fait les commandos contre les Allemands, qui a la carrure d'une armoire à glace et qui se met à avoir des « vapeurs » devant un cadavre... et qui répond comme un potache interrogé au baccalauréat !

Enfin, tout de même, l'inspecteur Juillet hasarde une réponse :

« Je vois ce que vous voulez dire, monsieur

le divisionnaire. Le fusil manque parce que l'assassin l'a enlevé du mur avant que le percepteur ne rentre. Pour être sûr qu'il ne risque pas de s'en servir contre lui ! »

L'inspecteur adresse à son supérieur un regard gêné, hésite un instant, puis ajoute :

« Reste à savoir s'il l'a emporté ? C'est ce que vous pensez ?

— Enfin, Juillet, vous vous réveillez ! Il faut retrouver ce fusil ! Et, voyez-vous, il était trop encombrant pour que l'assassin l'ait emporté loin d'ici. Il s'en est sûrement débarrassé quelque part. Comme il a dû le faire avant que le percepteur ne rentre, il n'a pas dû aller très loin. Demandez aux gendarmes de fouiller les buissons derrière le bâtiment. Et faites savoir aussi qu'on recherche un ami du percepteur qui était déjà venu chez lui, qui pouvait savoir qu'il était au Café de la Gare, ce soir-là, pour fêter son départ. Mais qui n'y était pas. Son absence a dû y être remarquée. Devaux lui-même a peut-être fait une réflexion : « Tiens, Machin n'est pas là, pourtant je l'ai invité. » Vérifiez-moi ça, voulez-vous. Interrogez tous ceux qui étaient là ! »

Et, soudain, le commissaire s'interrompt :

« Ah ! Voilà la balle ! Elle a fini sous le lit ! Un peu déformée, mais ça ira tout de même. On va pouvoir examiner les rayures. Tenez, Juillet, ne la perdez pas ! Envoyez ça au laboratoire. Tiens, qu'est-ce que vous avez ? Vous êtes gaucher, à présent ? »

L'inspecteur Juillet sort sa main droite de sa poche et marmonne :

« Oh ! rien. Je me suis un peu foulé le pouce. Un faux mouvement, dimanche dernier, au volley-ball. »

Le commissaire divisionnaire Jean-Paul Guichard, docteur en droit, auteur d'un ouvrage qui fait autorité à l'école de police, intitulé *Les constatations matérielles,* ne prête qu'une attention distraite à celle-ci : l'inspecteur Juillet s'est foulé le pouce droit. Pourquoi le ferait-il ? Cette constatation, bien que matérielle, n'a aucun rapport avec le cadavre du percepteur.

L'affaire faisant beaucoup de bruit, le commissaire divisionnaire Jean-Paul Guichard prend lui-même la direction de l'enquête. Il charge seulement l'inspecteur Juillet de la routine habituelle.

L'inspecteur Juillet, sur l'ordre du commissaire, demande donc aux gendarmes de fouiller les buissons derrière la perception.

Or, parmi ces gendarmes, il s'en trouve un qui connaît bien l'inspecteur Juillet : c'est le gendarme Bertoux. Le gendarme Bertoux est un simple gendarme. Il n'est pas couvert de diplômes, et il n'a pas l'air d'un aigle. Il est gros, avec un double menton. Il a l'air brave, mais à vrai dire pas très futé. Mais il a « l'air » seulement. En fait, avec son air de ne pas y toucher, le gendarme Bertoux est comme tous les gendarmes. Parce qu'il est intégré à la population, parce qu'on l'interpelle familièrement, qu'on le connaît par son nom, parce qu'on boit volontiers un verre avec lui quand il n'est pas de service, il finit par en savoir beaucoup plus sur les gens qu'on n'en sait sur lui. Et il va bientôt prouver que ceux qui plaisantent la psychologie du gendarme se trompent. Qu'on peut très bien « flairer » un coupable sans être docteur en droit. Même, et surtout, un coupable dont personne ne se méfie.

Justement, l'inspecteur Juillet, depuis des années, plaisante le gendarme Bertoux. Il le prend pour ce qu'il a « l'air » d'être : un bon gros sans malice. Et depuis des années, sans rien dire, tout en prenant des verres avec lui, le gendarme Bertoux sent que l'inspecteur Juillet n'est pas un policier du genre « blanc-bleu », par comparaison avec un diamant pur. Cette constatation, qui n'a rien de matériel, tient à des riens. Le gendarme Bertoux trouve que l'inspecteur Juillet a la mentalité d'un truand. C'est une question de flair. Il sait, comme tout le monde, que l'inspecteur Juillet a fait une belle Résistance pendant la guerre. Mais justement, il trouve qu'il s'en vante un peu trop de « son » maquis. Qu'il met un peu trop de plaisir à raconter comment il a « zigouillé » des sentinelles. Ceux qui ont fait une dure guerre n'aiment pas beaucoup en parler d'habitude. Bref, le gendarme Bertoux ne dit rien, mais, entre son képi et son double menton, il n'en pense pas moins.

A quel moment commence-t-il à soupçonner l'inspecteur Juillet d'être l'assassin du percepteur, il ne saurait le dire lui-même.

Ce sont des petits riens qui lui mettent la puce à l'oreille. D'abord, l'indéfinissable attitude de l'inspecteur qui a l'air mal à l'aise dans son enquête, ou trop à l'aise : on dirait « qu'il a quelque chose qui ne veut pas cuire ». Cette curieuse expression sera la principale explication, et même la seule, du gendarme Bertoux.

Quand il ira dire cela au commissaire divisionnaire Guichard, docteur en droit, auteur d'un manuel de police intitulé *Les constatations matérielles,* sous-titre : « Essai pour une méthode rationnelle d'investigation »..., le gendarme Bertoux aura un bel exemple de « type de commissaire ahuri ».

C'est en tout cas à partir de ce discutable mais inébranlable postulat que le gendarme Bertoux fait sa petite enquête personnelle. Pendant les six semaines qui suivent l'assassinat du percepteur, il s'arrange pour voir un peu plus souvent l'inspecteur Juillet. Et il procède à la fois par petites touches et par grosses plaisanteries. Cette méthode a l'air contradictoire, mais dans la pratique elle donne des conversations fort intéressantes. Par exemple, le gendarme Bertoux s'adressant à l'inspecteur Juillet, tout en versant de l'eau dans son pastis :

« Avoue que c'est toi qui l'as « zigouillé », le percepteur. Tchin ! A la tienne ! »

L'inspecteur Juillet, sur le même ton de plaisanterie :

« Bien sûr que c'est moi ! A la tienne ! »

En fait, il vient de se faire piéger. Car, malgré lui, son ton était faussement désinvolte.

Une semaine plus tard, le gendarme Bertoux, devant un autre pastis :

« Dis ? T'as vu ? T'as travaillé pour rien ! Y avait presque rien dans le coffre ! »

Et il ajoute sans transition :

« Tu veux un glaçon ? »

Au fil des semaines, et mine de rien, le gendarme Bertoux fait glisser le ton de la plaisanterie jusqu'à ce qu'il devienne évident entre eux deux que l'inspecteur Juillet a tué le percepteur. C'est fait d'autant plus habilement que le gendarme, en même temps, s'arrange pour faire croire qu'il n'est pas du tout scandalisé, sauf par le fait que le coup n'a rien rapporté.

Au bout de deux mois, pour l'inspecteur Juillet dont l'enquête piétine, et pour cause, il est donc clair que le gendarme Bertoux est un gendarme pourri, aussi pourri que lui, et peut-être plus « à la page », avec son air de rien ! A tel point qu'un soir, jugeant le poisson ferré, le gendarme Bertoux « ramène le moulinet » :

« Écoute, Juillet, le coup du percepteur, avoue que c'était pas malin ! Risquer les assises pour des prunes ! Moi, je connais mieux : écoute ça. »

Et le gendarme Bertoux propose tout simplement à l'inspecteur Juillet le plan de barrage des routes de la gendarmerie en cas de hold-up. Avec la méthode et la manière d'éviter les barrages. Il suffit de se mettre en cheville avec des professionnels du hold-up et de monnayer le plan de repli ! Ça vaut bien une part de 50 pour 100, un tuyau pareil : le plan des barrages de gendarmerie pour tout le département, avec les chemins vicinaux non surveillés indiqués par un trait bleu. La joie des truands, la tranquillité des casseurs !

« Hein, Juillet ? Qu'est-ce que tu en dis ? »

L'inspecteur Juillet regarde, acquiesce et conclut :

« T'as raison, Bertoux. Ça c'est du sûr. Pour le coup du percepteur, je vais te dire : quand je pense que mon chef, le divisionnaire Guichard, m'a chargé de porter la balle de 7,65 au labo ! S'il savait qu'elle vient de mon pistolet ! Tu vois d'ici la tête ! »

Quarante-huit heures plus tard, effectivement, le commissaire divisionnaire Guichard fait une drôle de tête, face au gendarme Bertoux, accompagné de son supérieur hiérarchique, le capitaine Lavigne, que le gendarme avait, bien sûr, tenu au courant depuis le début.

Quand l'inspecteur Juillet se voit demander, poliment mais fermement, de soumettre son pistolet à l'examen du laboratoire, il comprend enfin qu'il s'est fait piéger par un gendarme plus vicieux qu'il n'en avait l'air.

Il le prend de haut, pour gagner du temps, et remet son pistolet au commissaire divisionnaire en haussant les épaules et en affirmant : « Je lui dis n'importe quoi, à Bertoux ! Il est trop bête ! »

Mais c'était pour gagner du temps, car l'inspecteur savait qu'il y aurait un doute en sa faveur tant que l'expert n'aurait pas déposé son rapport. En attendant, c'était la parole du gendarme contre la sienne.

Le week-end suivant, il prit sa femme et ses enfants dans sa voiture, comme pour une promenade. La frontière d'Espagne n'était qu'à 120 kilomètres. Mme Juillet revint seule le soir avec ses enfants. Elle n'était au courant de rien. Elle croyait que son mari partait en mission.

Il ne fallut que trois semaines à Interpol pour retrouver l'inspecteur assassin à Barcelone et deux mois au juge pour obtenir son extradition.

L'inspecteur Juillet a plaidé l'affolement.

« Je ne voulais pas tuer le percepteur ! Je voulais seulement la combinaison du coffre ! C'est dans la bagarre que j'ai tiré ! »

Quinze ans de prison. Et, pour le gendarme Bertoux, un galon de brigadier avec sursis : il fut nommé six mois plus tard.

Quant au commissaire divisionnaire, auteur

d'un manuel et docteur en droit, c'est lui qui raconte, très sportivement, comment un gendarme sans diplômes est venu lui dire un jour :

« J'ai l'honneur de vous rendre compte que l'assassin c'est votre inspecteur. Je trouvais « qu'il avait l'air d'avoir quelque chose qui ne voulait pas cuire ». Il a fini par me dire ce que c'était. »

TABLE

OUVRAGES DES MÊMES AUTEURS

Les Dossiers extraordinaires de Pierre Bellemare, 1976, Arthème Fayard.

Les Nouveaux Dossiers extraordinaires de Pierre Bellemare, 1977, Arthème Fayard.

Les Aventuriers, 1978, Arthème Fayard.

Les Aventuriers (nouvelle série), 1978, Arthème Fayard.

Les Dossiers d'Interpol, 1979, Édition 1.

Les Dossiers d'Interpol 2, 1979, Édition 1.

Histoires vraies, 1981, Édition 1.

Composition réalisée par C.M.L. - MONTROUGE

IMPRIMÉ EN FRANCE PAR BRODARD ET TAUPIN
7, bd Romain-Rolland - Montrouge - Usine de La Flèche.
LIBRAIRIE GÉNÉRALE FRANÇAISE - 14, rue de l'Ancienne-Comédie - Paris.
ISBN : 2 - 253 - 02835 - 5

30/5584/5